Comme à la guerre

DU MÊME AUTEUR

Gringoland, *Au diable vauvert*, 2005 ; Le Livre de Poche, 2015

Comment devenir un dieu vivant, *Au diable vauvert*, 2008 ; Le Livre de Poche, 2015

Touriste, *Au diable vauvert*, 2011 ; Le Livre de Poche, 2013

Paradis (avant liquidation), *Au diable vauvert*, 2013 ; Le Livre de Poche, 2014

Géorama, le tour du monde en 80 questions *(avec Vincent Brocvielle, illustrations Olivier Marty)*, *Robert Laffont*, 2014 ; Le Livre de Poche, 2015

In utero, *Au diable vauvert*, 2015 ; Le Livre de Poche, 2017

Briser la glace, *Paulsen*, 2016 ; Le Livre de Poche, 2018

Dans le désert, *Au diable vauvert*, 2017

Julien Blanc-Gras

Comme à la guerre

roman

Stock

Ouvrage publié sous la direction
de Benoît Heimermann

Illustration Marysia Machulska
Couverture Coco bel œil

ISBN 978-2-234-08440-7

Il n'y a qu'un aventurier au monde, et cela se voit très notamment dans le monde moderne : c'est le père de famille.

Charles Péguy

À la guerre comme à la guerre :
il faut s'accommoder des circonstances, si difficiles soient-elles.

Grand Larousse Universel

1

Le jour de la naissance de mon fils, j'ai décidé d'aller bien, pour lui, pour nous, pour ne pas encombrer le monde avec un pessimisme de plus. Quelques mois plus tard, des attentats ont endeuillé notre pays. En meurtrissant la chair des uns, les terroristes visaient le cœur de tous. Mes quarante ans approchaient. J'en étais à la moitié de ma vie, je venais d'en créer une et la mort rôdait. L'Enfant articulait ses premières syllabes avec le mot *guerre* en fond sonore.

L'époque basculait, dans une douloureuse contraction de l'Histoire. Les contractions annoncent une nouvelle existence, une nouvelle ère. Pour moi, un chamboulement des priorités avec ce bébé dans les bras. Pour nous tous, une altération du quotidien avec cette menace dans la tête. Il fallait s'adapter aux événements, il fallait bien. Chacun se débrouillait à sa façon. J'étais déterminé à mettre en place les dispositifs nécessaires à l'accomplissement de mon objectif. Je n'allais pas laisser l'air du temps polluer mon bonheur.

2

Le kiosque avait été dévalisé de bon matin; les quotidiens aux couvertures dramatiques s'étaient vendus comme des petits pains empoisonnés. Seul restait sur le présentoir un numéro de *Courrier international*, bouclé la semaine précédente et paré d'un titre qui sonnait comme une provocation

Un monde meilleur

Pris au dépourvu, j'ai d'abord émis un ricanement sarcastique – nous étions le 8 janvier 2015 – puis j'ai attrapé le magazine. Je l'ai regardé d'un air suspicieux avant de le poser sur le comptoir. La vendeuse m'a souri. Ce jour-là, tout le monde souriait d'un air gêné.

Je me suis installé dans le bistrot voisin, peuplé d'ouvriers du bâtiment buvant le demi de fin de journée et de trentenaires à barbe de trois jours en baskets blanches, penchés sur des écrans d'ordinateurs leur renvoyant un reflet qui aurait pu être le mien. Le patron m'a apporté un café en traînant les pieds. J'ai étalé le journal devant moi, prêt à m'y confronter. Alors, c'est quoi ces conneries de monde meilleur ? On pouvait passer des heures à établir la liste des choses qui n'allaient pas. C'était plus qu'un cerveau humain ne pouvait en supporter sans conclure à la destruction imminente de toute civilisation.

J'ai trempé un spéculoos dans ma tasse et une sentence lue à l'adolescence, peut-être déformée par les années, a surgi de ma mémoire. *Notre génération est la seule qui a mieux vécu que ses parents et qui vivra mieux que ses enfants.* Elle était tirée d'une bande dessinée où il était question d'humour scandaleux, d'aventures de presse, d'amitiés et de sexe. Des fragments autobiographiques hédonistes et nostalgiques, signés Wolinski. Le pauvre, une si belle vie pour mourir aussi mal.

Le vieil érotomane n'avait pas tort. À l'époque de mes parents, on grandissait avec les Beatles, le plein-emploi et la jouissance sans entraves. À celle de mes grands-parents, on écoutait

Tino Rossi, on n'avait pas le droit de folâtrer et on se faisait casser la gueule à la Seconde Guerre mondiale, ce mètre étalon du carnage. Pour ma génération comme pour les suivantes, les lendemains chantaient faux. L'avenir n'était pas une destination désirable. Nous pouvions aller partout sauf dans le futur. Nous avions des iPhone mais pas d'illusions. En relevant la tête pour porter la tasse à mes lèvres, mon regard a franchi la baie vitrée et s'est arrêté sur un graffiti qui n'était pas là la veille. Sur le mur jouxtant l'épicerie bio, on pouvait lire

La rigolade est terminée

Je me suis plongé dans le magazine pour y trouver des raisons d'être optimiste. Il y en a. La pauvreté recule, la démocratie progresse. Le niveau d'éducation a opéré un bond inimaginable lors des dernières décennies. La médecine fait des miracles. La mortalité infantile régresse, tout comme la maltraitance des mineurs. L'espérance de vie n'a jamais été aussi élevée. La violence est à son niveau historique le plus bas. Si l'on se fie aux chiffres, il n'y a jamais eu aussi peu de guerres, d'homicides, de criminalité. La planète Terre est une scène tragique, elle le restera, mais ses acteurs tiennent une forme inédite.

Ce n'était pas facile à admettre en ces circonstances, pourtant les faits étaient là : les humains ne se sont jamais aussi bien portés.

Je rêvassais au futur sans trop savoir quoi en penser, tout en observant le parcours d'une feuille de marronnier portée par le vent depuis le parc des Buttes-Chaumont jusqu'aux trottoirs de l'avenue Simon-Bolivar. J'ai regardé le bulletin météo, il prévoyait l'arrivée d'une seconde dépression pour le lendemain. Dans sa combinaison verte, un agent d'entretien de la ville de Paris, dont le grand-père était peut-être griot à Tombouctou, a ramassé la feuille. Je devais acheter des couches.

L'heure tournait. C'est bien joli la poésie des feuilles mortes, l'état de l'humanité, tout ça, mais j'avais d'autres chats à fouetter, un enfant à récupérer à la crèche en l'occurrence. Il fallait que je m'occupe de la prochaine génération.

En sortant du bistrot, je suis passé devant la boulangerie tenue par une famille maghrébine, dont la vitrine arborait encore des décorations de Noël. Personne n'avait eu l'idée de caillasser l'établissement, les gens gardaient leur calme. (La veille, j'avais rejoint le rassemblement spontané sur la place de la République, des dizaines de milliers de personnes convergeaient pour communier dans une atmosphère de tristesse réconfortée par le nombre. Un unique individu avait cru bon de monter sur la statue pour déchirer un coran ; il avait été hué par la foule, qui faisait preuve de discernement, qualité rare pour une foule.)

J'ai remonté la rue Pradier jusqu'au Franprix. Un clochard m'a alpagué à la sortie. C'était un nouveau, salement abîmé, je ne l'avais jamais vu dans le quartier. Je lui ai donné ma monnaie en me demandant s'il était au courant pour l'attentat. Il devait s'en foutre, l'impact sur sa vie resterait limité.

Je me suis ensuite dirigé vers la crèche équipé d'un paquet de Pampers Baby-Dry taille 3, ignorant que, dans l'arrondissement voisin, un homme se dirigeait vers un supermarché casher équipé d'une kalachnikov, de deux pistolets-mitrailleurs Skorpion, de deux pistolets Tokarev et de quinze bâtons d'explosif. Le monde allait mieux, mais pas en bas de chez moi.

3

– Tout va bien. Il a mangé toute sa purée et il a fait une sieste de deux heures. Il a juste le nez qui coule encore un peu.

Amina ne faisait jamais la gueule et cette attitude méritait d'être soulignée chez une femme qui passait sept heures par jour à chanter des comptines et à changer les couches d'une vingtaine de braillards. Elle était jeune et jolie, son sourire illuminait notre minute d'interaction quotidienne. Mon rayon de soleil de 17 h 30.

Là, elle avait une petite mine.

– C'est terrible ce qui se passe. (Sourire gêné.)

J'ai grommelé une banalité (quelque chose comme « oui, c'est terrible ») et je l'ai remerciée en attrapant l'enfant qu'elle me tendait. C'était bien le mien, Amina faisait preuve d'un professionnalisme sans faille. J'ai slalomé entre des bébés prénommés Madeleine, Gaspard ou Marianne, salué des assistantes maternelles prénommées Fatou, Yuma et Chipou, et j'ai descendu l'escalier en tenant mon fils contre moi, un peu plus fort que d'habitude. Je l'ai emmitouflé dans la poussette. Les choses sérieuses commençaient.

Retour à l'appartement en trottinant dans l'air glacial (ce n'était pas le moment d'aggraver le rhume de ce mouflet qui se complaisait depuis de longues semaines dans son statut de sac à morve). Passage des portes de l'immeuble (une main pour tenir le battant, l'autre pour tirer la poussette, opération pas aussi simple qu'on le croit). Réussite de la manœuvre consistant à la faire entrer dans l'étroitesse de l'ascenseur. Arrivée au foyer. Désemmitouflage. Câlin. Préparation du bain en prenant garde aux mouvements de l'Enfant, qui sait ramper depuis peu et développe un tropisme prononcé pour les prises électriques. Déshabillage. Immersion.

Un de mes yeux surveillait l'Enfant, l'autre était attiré par mon téléphone dont les notifications tintaient de manière ininterrompue avec un sans-gêne irrésistible. Mon fils gazouillait, heureux dans sa baignoire, avec sa grosse tête de petit Bouddha, ses yeux rieurs, son crâne dépourvu de cheveux et néanmoins garni de croûtes de lait. Les actualités ne laissaient que trop peu de place au problème des croûtes de lait. On pouvait parler, sans tomber dans la paranoïa complotiste, de tabou médiatique. Il s'agissait pourtant d'un fléau bien réel et, on avait beau répéter *y a qu'à*, *faut qu'on*, il n'existait pas de solutions toutes faites pour éradiquer cet excès de sébum se manifestant sous la forme d'un eczéma crânien particulièrement disgracieux. J'avais tout essayé, le massage délicat à l'huile d'amande ou au liniment oléo-calcaire, le passage répété d'une brosse à poil doux, l'homéopathie. Rien n'y faisait, il fallait attendre que ça passe.

Assis sur le panier à linge, mon esprit divaguait vers la promesse d'une prochaine aventure (je revenais du sultanat d'Oman et la Patagonie m'attendait, j'avais de la chance, je gagnais ma vie en racontant mes voyages). Je m'égarais dans ma pampa mentale, manquant de m'assoupir, assommé par la fatigue du nouveau père en privation de sommeil. Je devais me ressaisir. Le parcours du combattant n'était pas terminé, loin de là, car à la sortie du bain il faudrait affronter l'épreuve du mouche-bébé, celle qui consiste à neutraliser physiquement l'être que vous aimez le plus au monde pendant que vous lui enfoncez un tuyau dans la narine pour aspirer ses sécrétions alors qu'il hurle comme un porcelet, en général pile au moment où vous recevez le coup de téléphone professionnel que vous attendiez depuis une semaine.

Ce jour-là, c'était un texto de la Femme annonçant qu'elle ne rentrerait pas tard. De toute façon, personne ne foutait rien au bureau, les open spaces étaient pendus aux fils d'actualité.

Seul l'Enfant ne semblait pas englouti dans le feuilleton traumatique de la traque des terroristes. Il avait moins d'un an, il se montrait incapable de tenir une cuillère sans se flanquer de la bouillie sur les omoplates, les soubresauts de la géopolitique ne l'atteignaient pas. Assis en body dans sa chaise haute, il produisait des petits moulinets avec ses bras potelés, émerveillé de voir apparaître un hochet au bout de ses doigts. Puis il regardait ailleurs une seconde et s'émerveillait de voir apparaître un hochet au bout de ses doigts. Le renouvellement de la joie est infini à cet âge. Il ne disposait pas du langage, mais il était bien porteur d'une âme, ça ne faisait aucun doute. Ça me consolait, vraiment, que mon fils ne soit pas en mesure de comprendre les événements en cours. Je m'imaginais en train de lui exposer la situation. *Des abrutis ont massacré des gens parce qu'ils faisaient des dessins.*

Tout compte fait, ce n'est pas facile à comprendre pour un adulte non plus.

J'ai trempé un doigt dans l'assiette de purée petits pois-carottes. La température était convenable. Cuillère en silicone à la main, j'ai lancé la conversation :

– Quelle est ton analyse, fils ? Penses-tu que la coexistence républicaine puisse se fissurer sous la pression des extrémistes ?

L'Enfant a lâché son hochet et m'a fixé droit dans les yeux avec une acuité laissant penser qu'une sagesse ancienne l'habitait, peut-être l'esprit de je ne sais quel lama ayant intégré la connaissance universelle au fil de ses réincarnations. Son regard brillait quand il a proféré, avec véhémence :

– Akhaaahaga.

Ce que j'ai traduit (car la communication entre un père et son fils se passe du verbal, des canaux intuitifs nous relient) par :

– Donne-moi cette foutue purée.

J'ai reconnu le pas de la Femme dans le couloir. L'Enfant a glapi en entendant le bruit de porte qui signifiait *maman*. Elle a jeté son sac à main, son casque et ses escarpins dans l'entrée, a poussé son habituel grognement purgatif « putainjesuiscrevéejournéedemerdeenplusçaroulaitmal », m'a embrassé tout en me demandant :

– Ça va ?

– Ça va. Il faut qu'on surveille les gencives. Je me demande si on n'a pas affaire à un début de poussée dentaire.

– Tu crois que ça va bien se passer ?

Je sais qu'il faut toujours répondre « tout va bien se passer », endosser le costume du mâle rassurant et agir comme un héros de blockbuster hollywoodien dans une situation désespérée. *Everything's gonna be alright, darling.* Mais j'avais plutôt envie de dire la vérité.

– Ça, on ne peut pas le savoir, mon amour. Personne n'en sait rien.

J'ai servi un verre de chardonnay à la Femme pendant qu'elle déroulait sa journée de travail. Elle officiait dans la filiale culturelle d'une très grande entreprise et fréquentait de ce fait autant de costumes-cravates que de saltimbanques. Elle passait sa vie à courir entre les réunions PowerPoint infestées de requins et les cocktails d'avant-premières truffés de parasites mondains, slalomant dans le Tout-Paris avec son énergie de taureau et sa grâce de libellule pendant que j'écrivais des histoires, réelles ou fictives, chez nous, seul, vêtu de mon plus beau survêtement. Je l'écoutais d'une oreille, l'autre étant tendue vers notre progéniture. Dans son parc, l'Enfant repu poussait des couinements d'extase pure : il venait de se rendre compte qu'il avait un hochet entre les mains et il n'en revenait pas. L'émerveillement est contagieux. La Femme et moi redécouvrions l'étendue du pouvoir de la contemplation. L'horizon s'obscurcissait, mais nous avions une lumière sous les yeux.

J'ai attrapé l'Enfant pour humer cette odeur antidépressive caractéristique des bébés. Je le tenais à bout de bras, sa mère lui chatouillait le ventre. Le nain hoquetait de rire en me bavant dessus, j'étais le plus heureux des hommes, pendant quelques secondes.

Je savais, au moment de devenir père, que ma mission sur cette planète consisterait à assurer la survie de mon enfant. Je découvrais, à l'usage, que c'était lui qui me protégeait.

4

Le biberon était vide, l'Enfant continuait à téter. J'étais distrait par l'écran de télévision diffusant les images d'un pays en train de descendre dans la rue. Le bruit de succion m'a rappelé que j'avais un bébé dans les bras. J'ai tapoté sur son dos, il a roté et je l'ai déposé sur sa mère allongée dans le canapé. J'ai enfilé mon manteau avant de réaliser que j'avais oublié de nettoyer le biberon avec la brosse spécialement conçue à cet effet. J'ai enlevé mon manteau. La tâche accomplie, j'ai embrassé ma famille et je suis sorti pour rejoindre les myriades. C'était ma deuxième manifestation de la semaine et la deuxième de ma vie. Dès la rue de Belleville, tout le monde avançait dans le même sens, celui de la pente qui aboutissait à République. J'avais froid aux pieds et chaud au cœur devant cette marche cathartique, ce peuple qui se levait contre la haine, qui défendait la liberté d'expression sans pour autant accabler l'islam. Les récupérations politiques importaient peu, elles étaient noyées dans l'ampleur et la dignité de l'événement. La France, qui se complaît d'ordinaire dans l'autodénigrement, se donnait dans l'adversité des raisons de s'aimer. J'étais presque fier d'être français, puis je me suis souvenu que je n'avais aucune fierté à tirer du hasard de ma naissance. Tout de même, cette population faisait preuve d'un caractère insoupçonné. Les tarés allaient comprendre qu'on ne se laisse pas impressionner au pays de Voltaire et de Zidane. Ils étaient une poignée, nous étions des millions. Nous n'avions pas peur, nous avions gagné.

Comme tout le monde, j'ai déchanté les semaines suivantes. Rien n'était pardonné. Dans le monde musulman, des contre-manifestations dégénéraient dans le sang. En France, les partisans du « ils l'ont bien cherché » étaient plus nombreux que prévu. Internet était trollé par une armada de pro-djihadistes francophones. L'extrême droite se frottait les mains. Un ex-intellectuel, sans doute frappé de démence sénile, prétendait contre l'évidence que le 11 janvier était une manifestation islamophobe. Le cerveau rongé par la bile, il arpentait les plateaux télé pour qualifier de marche de « zombies » ce qui était un sursaut vitaliste, éructant qu'il représentait la science en brandissant des registres d'état civil pour justifier ses bouffées délirantes.

Les reculades se sont accumulées et chacun pouvait constater, sans forcément le formuler, que les règles avaient changé. On pouvait rire de Moïse, de Jésus, de Bouddha ou de Vishnu sans danger. Un procès, au pire. On ne pouvait pas rire de Mahomet sans risquer sa vie. Plus personne ne dessine le prophète de l'islam. C'est devenu une sorte de loi tacite et discriminatoire, appliquée par le meurtre et l'intimidation. Nous avions peur, nous avions perdu.

J'étais déçu pour la démocratie ; j'étais aussi chiffonné dans mon travail. Je finissais l'adaptation en bande dessinée de l'un de mes romans, dans lequel j'évoquais incidemment de grandes figures religieuses. « Rares sont les prophètes immobiles. Moïse a franchi une mer et gravi une montagne pour recevoir les commandements. Mahomet a donné naissance à l'oumma en migrant à Médine. Jésus a erré dans le désert. Les prophètes sont au moins d'accord sur ce point : la vérité est ailleurs. Ça m'arrange, c'est là que je vais. »

Le propos était neutre, même pas humoristique, écrit bien avant ce bordel. Mais comment mettre ça en images sans se prendre une rafale, ni céder au diktat des fanatiques ? Le timing était mauvais et la situation complexe, cela demandait réflexion. Je ne suis pas un chevalier blanc de la liberté d'expression – le poste est déjà pris – mais j'ai grandi dans une démocratie et ça me contrariait de la voir s'effriter devant les armes. Ça me contrariait d'élever mon fils dans une société où l'on n'aurait plus le droit de rire de choses qui n'existent même pas. Après quelques essais, l'illustratrice et moi avons opté pour la solution suivante, rigoureusement égalitaire : les trois prophètes seraient dessinés de dos, marchant dans le désert. C'était prudent. Cela restait tout de même une représentation de Mahomet, potentiellement suffisante pour activer la fureur meurtrière d'un psychotique soucieux de donner un sens à sa mort.

À la sortie du livre, on m'a invité sur TV5 Monde pour le présenter. J'avais repassé ma plus belle chemise et je me préparais à me rendre au JT quand la production m'a appelé. La chaîne venait de subir une attaque informatique. Le site internet était remplacé par la propagande d'un cybercalifat se réclamant de Daech. Plus rien ne fonctionnait, écran noir à l'antenne, l'interview était reportée. Dieu merci, je ne suis pas paranoïaque, sinon j'aurais pu croire que c'était en mon honneur.

Réinvité quelques jours plus tard, j'ai de nouveau repassé ma plus belle chemise. Au maquillage, on m'a expliqué que Daech n'y était pour rien et qu'il s'agirait en réalité d'un coup des Russes qui, d'une pierre deux coups, avaient neutralisé un média occidental considéré comme anti-Kremlin tout en faisant porter le chapeau aux Arabes. J'étais gentiment venu faire la promotion d'un ouvrage contant mes périples insolites autour du globe et je me cognais aux vicissitudes de la géostratégie de l'ombre. En plateau, j'ai utilisé les termes « invitation au voyage » et « découverte de l'Autre », débitant des banalités sur les bienfaits des rencontres interculturelles avant que l'actualité internationale ne reprenne son cours affligeant. Que voulez-vous, c'est du flux, on n'a pas le temps d'entrer dans les détails. Un taxi prépayé par la production m'attendait à la sortie du studio. Je me suis senti important et un peu sale, comme à chaque fois que je passe à la télé, environ une fois par an.

Après un détour par la pharmacie pour acheter du lait en poudre Gallia 2e âge formule Pronutra +, je suis rentré chez moi et j'ai mis ma plus belle chemise dans la machine à laver. Il était 10 heures du matin. J'étais encore maquillé.

Mon petit,

Ceci est ta première carte postale d'Amérique du Sud. Je viens de débarquer à Ushuaia, Argentine, après une excursion maritime à travers les canaux de Patagonie qui m'a mené au cap Horn, le point le plus austral du continent. J'ai vu un très vieux monsieur avec une canne pleurer de joie au moment de poser le pied sur ce bout du bout du monde. Je crois qu'il avait rêvé de cette aventure toute sa vie. Tu vois, il n'y a pas d'âge pour faire des choses pour la première fois.

Embrasse maman de ma part.

Te quiero.

Papa

5

Au fil des mois, j'en étais venu à considérer les projections de vomi sur mon visage comme un simple aléa du quotidien. Ma conception de la dignité s'était subrepticement modifiée. C'est ce qui arrive quand on gère un bébé qui a pris l'habitude de déféquer dans son bain. Nous avions, la Femme et moi, connu le supplice des nuits fractionnées et des coliques du nourrisson. Dans les bras de ses parents désemparés, la bête hurle pendant des heures, de toutes ses forces, furieuse d'avoir été plongée dans un monde de douleur alors qu'elle n'avait pas demandé à naître. Parfois, la bête, épuisée, cesse de pleurer pendant une minute. L'espoir d'un repos surgit timidement. Et la bête recommence à beugler. Le parent, tiraillé entre le désarroi, la culpabilité et une rage impuissante, doit faire preuve d'une solidité nerveuse à toute épreuve, pendant de longs mois, sans savoir où se situe le bout du tunnel, sans même savoir si le tunnel a une fin. J'ai entendu des femmes, annihilées par la maternité, s'indigner *mais pourquoi personne ne nous prévient que c'est aussi dur.* J'ai entendu des femmes saines d'esprit avouer *j'avais envie de la jeter par la fenêtre.* La vie de jeune parent n'est pas qu'une succession de moments d'émerveillement.

Depuis la naissance, nous avions traversé des heures qui nous avaient changés en profondeur. Nous n'avions pas explosé en vol. Nous étions devenus des guerriers de la puériculture, renforcés par l'épreuve. Des survivants de la parentalité aux yeux cernés.

L'Enfant soufflait sa première bougie, nous avions vieilli de cinq ans en douze mois. Il marchait à quatre pattes, se tenait debout en s'accrochant aux barreaux de son parc, répondait aux sourires et riait aux éclats lors de longues sessions de coucou-caché. Il jouait de la guitare, avec une technique rudimentaire (il tapait dessus) compensée par un enthousiasme toujours renouvelé. Il commençait à comprendre des informations simples, comme « ne casse pas la guitare ». Il battait des mains pour s'autocongratuler quand il entendait « bravo ». Le processus d'acquisition du langage suivait son chemin souterrain.

Il produisait des hectolitres de bave, il n'avait que sept dents, ses cheveux tardaient à apparaître et nous n'arrivions pas à venir à bout de ces satanées croûtes de lait : c'était évidemment le plus bel enfant que cette planète ait jamais porté. Enfin, l'important, c'est que nous avions réussi à le maintenir en vie et en bonne santé. Il vivait sous un toit, nourri, chauffé, soigné, vacciné, et je lui lisais du Rimbaud pour l'endormir. J'avais vu assez de gamins abandonnés, affamés et rongés par des maladies évitables pour apprécier à sa juste valeur l'environnement privilégié dans lequel évoluait mon rejeton. Avant sa naissance, la souffrance d'un enfant me heurtait, naturellement, mais un efficace mécanisme de distanciation protégeait mes émotions. Désormais, lors de mes séjours en Inde, en Afrique ou dans le métro parisien, le spectacle des petits crève-la-faim me retourne, la carapace tombe en miettes. (Dans le même registre, les blagues pédophiles me font un tout petit peu moins rire.) La paternité m'avait rendu à la fois plus fort et plus vulnérable.

Consolation : des petits crève-la-faim, il y en a de moins en moins. Si les courbes de la malnutrition et des maladies infantiles maintiennent leurs dynamiques, on peut tabler sur la disparition de ces fléaux dans quelques décennies. Mon fils grandit dans un monde qui va mieux. Je lisais des ouvrages optimistes pour achever de m'en convaincre.

Les travaux de Steven Pinker, par exemple, s'avéraient revigorants. Le psychologue, linguiste et anthropologue à Harvard et au MIT (pas un hurluberlu donc), analysait les conditions du déclin de la violence par l'existence d'une « part d'ange en nous » (c'était le titre de son best-seller). Nous devenions meilleurs. La démonstration était appuyée par une masse de données impressionnante : les forces de la coopération gagnaient du terrain sur celles de l'affrontement. C'est notre nature même qui était en voie de pacification. Pinker rejoignait ainsi Jeremy Rifkin, prospectiviste américain conseillant moult gouvernements (pas un blaireau non plus), qui annonçait une civilisation de l'empathie en s'appuyant notamment sur la découverte des neurones miroirs en 2010 – ceux qui servent à vous faire ressentir les émotions des autres, vous font grimacer devant le spectacle de la douleur, pleurer au cinéma, rire avec le personnage d'un roman. Leur lecture transdisciplinaire de l'Histoire croisée avec les derniers apports des sciences biologiques et cognitives proposait « une vision radicalement neuve de la nature humaine » (dixit Rifkin) dépassant à la fois l'orthodoxie freudienne (l'homme, dès sa naissance, est guidé par ses pulsions agressives) et les interprétations darwiniennes bas-du-front (chacun pour sa gueule). Pour résumer, « nous sommes une espèce fondamentalement empathique ». (Quand je tentais de pitcher cette idée, on me regardait comme un gentil demeuré, le public préférait visiblement s'étriper dans les débats français, qui tournaient en rond depuis ma naissance et se résumaient en général à « Pour ou contre les Arabes ? »)

À la crèche, les comptes rendus quotidiens d'Amina accréditaient les thèses des universitaires américains. Notre fils se jetait sur ses camarades pour les couvrir de câlins, au risque de les étouffer. Il se montrait particulièrement affectueux avec les plus petits que lui. Il est démontré que les nourrissons, dès les premiers jours, pleurent en entendant d'autres nourrissons pleurer. Sans céder à un rousseauisme neuneu, on peut affirmer qu'un élan solidaire nous anime dès le départ. Les bébés sont des gens bien.

Des textes optimistes, j'en écrivais aussi. Un éditeur m'avait demandé de contribuer à un recueil intitulé *Nous sommes Charlie*. Les bénéfices devaient être reversés aux familles des victimes, ça ne pouvait pas nuire. J'ai couché quelques lignes, qui se sont retrouvées entre celles de Jacques Attali et de Victor Hugo. J'y défendais la sacralisation de l'humour contre le venin de la rancœur. C'était une ode à la joie, où je préconisais de continuer à « dessiner des bites en toutes circonstances », concept que ni Jacques Attali ni Victor Hugo n'avaient eu l'audace de développer. On pouvait trouver ça naïf, mais j'avais l'impression d'agir par pragmatisme. Un humaniste et un misanthrope s'affrontent en chacun de nous. Il nous appartient d'équilibrer les proportions et nous avons le choix de faire pencher la balance dans un sens ou dans l'autre. S'astreindre au bonheur était une hygiène de survie pour périodes troublées. On ne sauverait pas l'humanité, on l'améliorerait un tout petit peu en se sauvant soi-même. C'était une forme de résistance, une manière de contrarier les terroristes.

Les semaines passaient, les attentats étaient derrière nous et la douceur du printemps nous offrait une diversion. Il y aurait d'autres drames, on s'en doutait, mais en se concentrant sur le présent et en faisant un petit effort de déni, on pouvait commencer à ranger les événements de janvier au rayon des mauvais souvenirs. Il y avait peut-être même quelque chose de positif à tirer de cette folie.

Lors de la cérémonie des Césars, un jeune acteur récompensé avait conclu son discours par une tirade sur la *bienveillance*. Le terme revenait avec insistance dans le bruit médiatique, en parallèle à celui des discours martiaux, comme pour créer un contrepoids sémantique. Cette idée de bienveillance circulait dans les sphères bien loties, chez les populations suffisamment à l'abri pour ne pas laisser la colère contrôler leur existence. Elle allait devenir une sorte de mantra, bientôt recyclé en slogan politique. Il ne s'agissait pas d'altruisme forcené. On comprenait simplement que la haine des autres est une douleur que l'on s'inflige, une forme de masochisme. C'était aussi une stratégie d'adaptation. On se raccrochait à cette posture simple et rassurante. Diffusons de bonnes ondes, elles nous reviendront. Le précepte n'était pas neuf : être gentil, c'est ce qu'on apprend aux enfants (pas chez Daech, certes). C'est ce que j'essaierai d'inculquer à mon enfant.

Il y avait même un mouvement mondial pour la gentillesse, né en 2000 à Singapour à l'initiative d'une ONG laïque désireuse d'encourager la bienveillance et la politesse, car c'est bon pour la santé. Des études tendent à montrer qu'être sympa allonge l'espérance de vie. Faire le bien, c'est se faire du bien. On a donc institué une *Journée mondiale de la gentillesse*, qui a lieu le 13 novembre.

6

– Il y a un feu d'artifice ce soir ?
– C'est pas un feu d'artifice.

7

Le 14 novembre 2015, alors que le monde, mon pays et ma ville barbotaient dans une mélasse de chagrin, j'ai découvert ce mot sur la porte de notre appartement

Merci de ne plus laisser votre poussette sur le palier.

C'était signé par la connasse du dessus – elle ne signe pas vraiment comme ça, mais je ne connais pas son nom. Elle n'habite pas à notre étage, elle n'est donc pas gênée par la présence de la poussette (pas plus que mes voisins de palier, qui m'ont autorisé à garer ladite poussette devant notre porte). Elle s'est toutefois arrogé le statut de shérif de l'immeuble. Profil classique de la vieille peau revêche qui donne des ordres à la concierge, exerçant un minuscule pouvoir de nuisance sur un minuscule territoire pour justifier son existence. Elle m'avait déjà gonflé deux ou trois fois avec cette histoire de poussette ; je l'avais envoyée paître cordialement.

Elle n'a pas lâché le morceau. Elle a collé un mot sur ma porte. Le 14 novembre. Alors que le sang n'était pas sec, que notre quartier pleurait ses morts, que des corps mitraillés s'agrippaient à la vie dans un hôpital à trois rues de chez nous. J'ai eu envie de monter lui sauter à la gorge. *Comment peux-tu faire preuve d'autant de mesquinerie*, aujourd'hui, *quand nous avons besoin, plus que jamais, les uns des autres ?*

Mes émotions se sont brusquement inversées et j'ai voulu la serrer dans mes bras. *Comment peux-tu faire preuve d'autant de mesquinerie,* aujourd'hui ? *C'est ta façon de continuer comme si de rien n'était, c'est ça ? C'est ton réflexe de protection ? Je te comprends. Mais tu ne voudrais pas profiter des événements pour te grandir, pour te recentrer sur l'essentiel et balayer la médiocrité qui ronge ton âme ?*

Cette montée de compassion christique fut fugace, cédant rapidement la place à l'accablement. J'étais sur le point d'aller voir la sorcière pour la supplier *aide-moi à croire en l'être humain, idiote. Tu es vieille, tu devrais me montrer le chemin de la sagesse au lieu de colmater ton ego comme une jeune fille immature en harcelant tes voisins.*

Le voisin, c'est la représentation la plus achevée de l'Autre. On ne l'a pas choisi et on partage une planète, une cage d'escalier en l'occurrence. Pourquoi nous opposer sans raison valable ? Est-il si compliqué de vivre sans agresser son prochain ? Ce type de considération n'effleurait pas la sorcière, qui se montrait tenace. Son influence auprès du syndic s'est matérialisée quelques jours plus tard par un rappel à l'ordre affiché dans l'ascenseur

Pour des mesures de sécurité, il est strictement
interdit de déposer quelque objet
que ce soit dans les couloirs et paliers
(poussette, chaussures, valise, etc.).

Le message était clair : laisser une chaussure sur son palier porte gravement atteinte à la sécurité collective. L'absurdité de la formulation a eu le mérite de me mettre en joie. Merci pour ça, sorcière, ta bêtise m'a arraché un sourire ; une denrée précieuse cette semaine-là.

Je n'ai pas choisi la stratégie de l'escalade. J'aurais très bien pu dessiner des bites sur l'affiche ou une croix gammée sur sa boîte aux lettres, voire, dans un geste nihiliste, déposer les couches usagées de mon fils sur son paillasson.

Non, je ne m'abaisserai pas à répondre aux provocations de l'ennemi en abandonnant mes valeurs de respect et de tolérance. Je resterai fidèle à ma posture de pacifiste qui refuse de se laisser emmerder. La poussette, qui ne mettait personne en danger, est restée sur mon palier. Il ne faut pas céder à l'intimidation. *No pasarán.*

8

Au bistrot en bas de chez moi, la presse étalée sur le zinc au petit matin. Le verbe *vivre* hantait la plupart des titres. *Vivre comme avant. Vivre après. Vivre avec.* Les clients tournaient les pages, la tête basse et le cœur lourd. J'ai parcouru une tribune affirmant que notre avenir était moins conditionné par le terrorisme que par notre attitude face au terrorisme, ce qui m'a incité à prendre un deuxième croissant. Dans *Le Monde*, un médecin dispensait quelques conseils pour surmonter le choc. Ça débutait comme ça

Vous n'êtes pas obligé d'aller bien

Un concert de rock dans le 10e arrondissement, quelques jours plus tard (il n'est pas né, le fils de pute qui m'empêchera d'aller boire des bières tièdes dans des gobelets en écoutant des guitares saturées). La salle était pleine. On pouvait parler de petite victoire. « Merci d'être venus après votre cauchemar », a lancé le chanteur avec son accent flamand. Il ne savait pas que son pays y passerait aussi quelques mois plus tard. J'ai rencontré deux copines à la sortie. Nous avons pris un verre au bar d'à côté, en terrasse, consolés par la musique. La conversation s'est naturellement engagée sur les attentats, puis l'une d'elles a dit « bon, allez, on va pas parler de ça toute la soirée ». Elle avait raison, il ne fallait pas se complaire dans le sinistre.

Nous avons parlé de *ça* toute la soirée.

Un spectacle dans un théâtre du 18e. Le one-woman-show d'une comique en vogue, une Bridget Jones française d'origine syrienne (mais surtout parisienne) qui, pendant une heure et demie, parle de sodomie, d'apéro et de charcuterie (entre autres). C'est une amie de la Femme. La comique, une grande angoissée comme il se doit, lui confiait ses appréhensions au moment de remonter sur scène dans ce contexte. Arabe impie et drôle, elle ferait une bonne cible pour des djihadistes dont il est tragiquement établi que l'humour n'est pas le point fort. Avant la représentation, une voix surgie des haut-parleurs a indiqué l'emplacement des issues de secours. J'ai d'abord pensé à un sketch, mais non, il s'agissait bien d'une annonce de sécurité. Le spectacle était d'excellente facture, le public riait de bon cœur, un poil trop fort, pour évacuer ses tensions. Pendant le rappel, deux gros bouquets de fleurs ont atterri sur les planches. L'humoriste a eu un bref mouvement de recul, dont elle a su rire la seconde suivante. Mais elle a eu un vrai mouvement de recul. Pour des fleurs. L'imprévu était devenu dangereux.

Une matinée tranquille dans notre appartement du 19e. La Femme scrollait son Instagram en pyjama, radio Nova en fond sonore, odeur du pain grillé. J'essayais de filmer notre fils occupé à lécher son reflet dans le miroir. Je n'y arrivais pas, à cause de cette mystérieuse règle universelle voulant que les enfants cessent leur activité attendrissante dès que la caméra s'enclenche. J'en étais à la troisième tentative quand un lourd fracas nous est parvenu de la rue. Un bruit de chantier, banal, que nous n'aurions pas relevé deux semaines plus tôt. Nous nous sommes figés, échangeant un regard en pensant à *ça*. C'était un poison à diffusion lente. Et tout le monde était infecté.

Au restaurant, un camarade m'a avoué changer de rame de métro quand il constatait la présence de « mecs chelous ». C'est pourtant un garçon rationnel. Il sait qu'on a plus de chances d'être victime d'un accident de la route que d'un attentat. Que le terrorisme tue cent fois moins que le diabète – d'une certaine façon, les bonbons sont plus dangereux que les bombes. Il est tellement peu probable de se trouver au mauvais endroit au mauvais moment. Je ne refusais pas la peur, qui fait partie de notre bagage de survie. Je refusais simplement de changer de rame de métro.

J'étais toutefois bien forcé de remarquer qu'en pénétrant dans un lieu public une partie de mon disque dur se chargeait de scanner la foule et de repérer les sorties. C'était un processus involontaire. Un simple automatisme, semblable à celui des femmes qui, dans l'espace urbain, activent un radar à prédateurs. Dans les dictatures, les gens ont un flic dans la tête. Désormais, nous aurons un terroriste dans la tête. On pouvait parler de petite défaite.

Mon petit,

Je viens d'arriver au Groenland et je n'ai pas pu résister au plaisir de t'envoyer cette magnifique carte postale en forme de carte géographique. Je me trouve à l'endroit coché au recto (c'est-à-dire à peu près dans le cul du phoque). Tu n'imagines pas l'ampleur, la majesté, la beauté des icebergs. Garde bien en tête que notre Terre est une splendeur (comme ta mère) et qu'il faut la cajoler.

Tu me manques déjà.

Asavakkit.

Papa

P.-S. : Attends que je sois rentré pour te mettre à marcher, s'il te plaît.

9

L'Enfant descendait la rue de sa démarche à la fois hésitante et volontaire. Ce petit pervers polymorphe avait attendu que je sois à l'étranger pour effectuer ses premiers pas. Pendant des mois, il avait enchaîné les allers-retours en poussant son trotteur. Je le faisais gambader en lui tenant les deux mains, puis une seule; il se lâchait parfois et retombait sur les fesses. Il avait suffi que je monte dans un avion pour recevoir une vidéo de mon fils cavalant dans l'appartement, babillant de fierté, envoûté par sa propre liberté de mouvement.

Il fallait maintenant redoubler de vigilance. Sa mobilité nouvelle l'exposait, il était tout à fait en mesure de se jeter sous les roues d'une voiture en poursuivant un pigeon qui ne lui avait rien fait. L'Enfant portait un bonnet avec des oreilles de panda pour se protéger du froid. Il scrutait avec fascination le passage du bus 26, dans lequel venait de s'engouffrer mon voisin du bâtiment B, celui qui avait depuis longtemps troqué sa kippa contre une casquette de base-ball.

À la crèche, une affichette *Vigipirate, urgence attentat* rappelait dès le début de la journée – et de la vie – qu'il ne fallait pas prendre le *zeitgeist* à la légère. Amina m'a appris que les digicodes avaient été modifiés. Pour des raisons de sécurité, ils ne fonctionneraient plus après 9 h 30 (rien n'était précisé concernant les chaussures devant la porte). Cette mesure avait toutes les chances de décourager les assaillants potentiels. Imaginons des terroristes arrivant devant une école, kalach et grenades en bandoulière, bien décidés à faire un carnage :

– Laisse tomber Oussama, ils ont changé le digicode, on rebrousse chemin.

– Attends, on peut pas abandonner notre mission divine, sinon on pourra pas déglinguer les vierges au paradis.

– Laisse tomber, je te dis. Regarde, ils ont mis une affichette, on est foutus.

Dans la nuit du 13 novembre, entre deux *rafraîchir* sur le fil info, j'étais allé remonter la couverture sur mon fils endormi. Il ronflait paisiblement, boule d'innocence. J'en avais profité pour lui demander pardon. Il souriait au réveil. Son gazouillis matinal annulait la laideur du monde.

À dix-huit mois, il n'était toujours pas équipé pour appréhender le concept de mort. Mais il aurait bientôt l'âge et il y aurait d'autres attentats, c'était le seul point qui faisait l'unanimité. Il faudrait bien, un jour, lui expliquer pourquoi des militaires patrouillent dans nos rues le doigt sur la détente.

Mon amie Estelle a raconté à sa fille Rose, cinq ans, que « des méchants ont tué des gentils ». Rose s'est tue pendant dix secondes, elle a constaté que sa mère lui accordait une pleine attention et elle a demandé :

– Pourquoi moi j'ai pas de tablette alors que ma copine en a une ?

Dans l'école d'Esteban, six ans, située près du Carillon, deux gamines ont perdu leur père. (Le bilan des attaques ne se limitait pas aux 130 morts et 67 millions de blessés, on comptait aussi une cinquantaine d'orphelins, dont trois in utero.)

Martin, quatre ans, répétait à tue-tête « Bataclan, Bataclan » sans comprendre ce qu'il disait, car il avait bien remarqué que ce mot monopolisait la conversation des adultes.

Coline, cinq ans, a demandé à sa mère si « les méchants peuvent venir chez eux ». Elle voulait connaître le sens du terme « ceinture explosive », qu'elle avait entendu à la récréation.

Lili, ma filleule du même âge, est restée consignée une journée entière dans son école du 18e arrondissement, à côté du commissariat devant lequel un homme armé d'un hachoir avait été abattu par la police.

Dans les établissements scolaires, en plus de l'alerte incendie, il faut désormais se plier à un exercice attentat-intrusion. Les gamins apprennent à se cacher, cela fait partie de leur cursus. Effrayée par cette simulation, Lison, trois ans, ne voulait plus retourner en classe. Sa mère a dû lui promettre que personne n'allait venir tuer les enfants.

De son côté, mon amie Chiara, six ans, estimait qu'il y avait « trop d'horreurs dans le monde pour qu'on continue comme ça ».

10

J'ai été un enfant, moi aussi. Je m'en souviens peu. Je sais que rien d'important ne manquait, ni l'amour, ni la nourriture, ni la sécurité. Je ne me demandais pas si j'étais heureux, je devais donc l'être.

C'était une enfance banale, typique de la classe moyenne d'une petite ville dans les années 1980. J'allais à l'école le matin, à la cantine à midi, au judo ou à l'éveil musical le soir (qu'est-ce qu'on y chantait, impossible à dire). Je patientais après les cours dans le salon de coiffure de mes parents en feuilletant le *Elle*, les clientes me trouvaient mignon et je voyais les employées se déshabiller à la fin de leur journée de travail ; j'en ai conservé une affection pour les environnements féminins.

Je me chamaillais avec mon grand frère, je lisais *Tout l'univers* et je passais un temps fou à observer des cartes du monde. J'allais au cinéma le mercredi après-midi (pour voir quoi, bon sang ?) et je me promenais seul dans les rues de Gap pendant que mes parents coupaient des cheveux. On ne craignait pas de laisser traîner les gosses, Marc Dutroux n'était pas encore passé par là. On me confiait parfois à la garde d'une vieille dame qui n'avait pas d'enfant ou au voisin de la rue du Mazel, un gentil monsieur sans histoires qui est mort d'une overdose d'héroïne.

Je me souviens de bribes de vacances chez mes grands-parents. Les fous rires de mamie Monique qui ratait toujours ses soufflés au fromage, ma fierté quand papy Marcel m'a emmené voir mon premier match de foot, ma fascination devant mon autre grand-père, Raphaël, qui taille une branche avec son couteau pour fabriquer un petit arc avec lequel j'irai pourchasser les poules de la voisine.

Mes parents ont acheté une télé alors que j'avais six ou sept ans, des images se sont emparées de ma rétine, Albator, la photo du petit Grégory, Cabu qui dessine dans Récré A2, l'explosion de la navette Challenger, les playmates chez Collaro, le clip de *Thriller.*

J'essaye de me remémorer mes angoisses enfantines – je suis désolé de le faire devant vous, mais je ne fréquente pas les psychanalystes. J'ai dû avoir peur du noir, des fantômes peut-être, du chien des voisins, un montagne des Pyrénées qui aboyait salement à mon passage. Je ne redoutais pas les attentats – il y en avait déjà – ni l'écroulement du monde, alors qu'on entendait l'expression *guerre froide* dans les journaux télévisés. La France se méfiait encore des chars russes et l'hypothèse d'un holocauste nucléaire n'était pas sans fondement. Dès l'enfance, nous savions que la planète pouvait être détruite. Je ne m'en préoccupais pas, j'avais trop à faire avec mes albums Panini et mes pots de Nutella. Dans ma conscience juvénile, la guerre appartenait au passé. La guerre, c'était l'affaire des grands-parents, vaguement folklorique, je savais que ça ne concernait pas mes parents, et qu'en conséquence, ça ne me concernait pas non plus. Le mur de Berlin est tombé au collège, c'était la fin de l'Histoire, à nous la victoire et la paix perpétuelle. La guerre, c'était loin ou c'était avant. La guerre, c'était un truc de vieux.

11

C'était la fin des vacances, mes grands-parents venaient de passer quelques jours chez mes parents, à la campagne, sous le bon soleil des Alpes. Avant de monter dans sa voiture pour repartir, le père de ma mère m'a tendu un petit carnet en grommelant « c'est pas intéressant mais si tu veux jeter un coup d'œil »... Nous étions en l'an 2000, j'avais vingt-quatre ans et un mystérieux carnet entre les mains. Il était jauni par le temps, en lambeaux, une cinquantaine de feuillets couverts d'une écriture très serrée quoique tout à fait lisible. J'ai jeté un coup d'œil, c'était intéressant. Mon grand-père venait de me donner le journal intime qu'il avait tenu au début de la Seconde Guerre mondiale. Au fil des pages s'égrenait un récit factuel, minutieux, haletant et atroce, *écrit sous la mitraille.* Après de longs mois d'inaction, le caporal-chef Marcel Gibert est happé dans le vortex des combats. Son bataillon, bombardé par l'aviation et l'artillerie allemandes, est anéanti. Le jeune homme voit tomber ses camarades. Chaque phrase est rédigée en sursis. Et on ne peut pas dire que cela se termine bien pour lui.

Malgré des *péripéties formidables*, Marcel a survécu, ce qui me permettra d'exister quelques décennies plus tard.

Personne ne connaissait l'existence de ce journal. Ma grand-mère ne connaissait pas l'existence de ce journal. Cinquante-trois ans de vie commune, pas un mot. Alors pourquoi me l'avait-il donné ? Parce que j'avais manifesté de la curiosité, peut-être. Parce qu'il est plus facile de transmettre aux petits-enfants qu'aux enfants, certainement.

Sa lecture m'avait secoué. Ce texte sec et sans ambition littéraire mettait en scène un individu tourmenté par des forces qui le dépassent, un destin ballotté par des puissances supérieures et obscures. On y percevait ce que les films ou les livres de guerre échouent le plus souvent à révéler, l'ennui, la confusion, le froid et la faim. C'était de la matière romanesque, avec tous les éléments qui, depuis Homère, permettent de s'attacher aux personnages d'une histoire. Mais il ne s'agissait pas de fiction et je portais les gènes du narrateur. La secousse était intime.

J'étais à l'époque étudiant en Angleterre et je consacrais l'essentiel de mon temps à jouer de la guitare, expérimenter des états de conscience modifiés et mener une enquête de terrain sur les pratiques sexuelles des jeunes diplômées de l'Union européenne – loué soit le programme Erasmus. J'avais l'âge de mon grand-père pendant la bataille de France, le parallèle était choquant. J'avais la belle vie de branleur quand il zigzaguait entre les balles.

Il était temps de remettre le nez dans ce journal, une quinzaine d'années plus tard, alors que le bruit des rafales était revenu – je l'avais entendu depuis mon balcon.

Il était temps de se pencher sur la façon dont nos prédécesseurs ont traversé la violence. Le récit de mon grand-père donne à voir la guerre, la vraie, à l'ancienne. Pas une explosion de terreur soudaine et inattendue, des semaines d'enfer absolu et planifié. Il nous offre une échelle pour évaluer nos tragédies contemporaines.

Marcel a commencé à écrire au lendemain de la déclaration de guerre. Je venais seulement de me rendre compte, après des mois de travail, que j'avais entamé le même processus avec ce livre. Il était temps de creuser dans la vie de ce grand-père peu bavard auquel j'étais lié par les mots qu'il avait choisi de me confier. Il n'était plus de ce monde mais il y avait sans doute des leçons à tirer de ces pattes de mouche qui avaient traversé le chaos, la fureur et les décennies pour atterrir entre mes mains.

L'odyssée de Marcel Gibert débute le 19 août 1916 à Cours, bourgade textile au nord de Lyon, dans un milieu modeste – la mère est au foyer, le père, formé en serrurerie chez les compagnons du tour de France, entretient les machines de la manufacture de toiles et couvertures Poizat frères. Le petit Marcel est bon élève. Pendant que ses frères batifolent, il reste à la maison, plongé dans ses livres. Il apprend le latin l'été suivant le certificat d'études et il saute la sixième. Repéré par le curé du coin, il est envoyé au petit séminaire Saint-Gildas à Charlieu, dans la Loire. À peine sorti de l'enfance, il découvre le pensionnat et la rigueur ecclésiastique. Il rentre chez lui deux fois par an, c'est l'époque où les gamins sont ravis d'avoir une orange en guise de cadeau de Noël. La scolarité est exemplaire, Marcel en ressort meurtri par l'impitoyable discipline des bons pères. Le bac en poche, il intègre le grand séminaire de Lyon et le quitte trois ans plus tard avec l'équivalent d'une maîtrise en théologie. Marcel se destine à la prêtrise, ses parents sont fiers de lui.

Avant d'aller servir Dieu, il faut donner du temps à son pays. Il est appelé sous les drapeaux le 19 octobre 1937 et intégré au 16e bataillon de chasseurs à pied, à Toul, puis à l'école militaire préparatoire d'Épinal. Signalement du soldat Marcel Gibert sur sa fiche d'affectation : *Cheveux noirs, yeux marron, front moyen, nez rectiligne, visage long, taille 1,67 m, degré d'instruction 4.* Le service militaire dure alors deux ans. Échéance malencontreuse. Au moment où il aurait dû quitter la conscription, le Reich envahit la Pologne. Son journal de marche commence à ce moment-là.

1er septembre 1939, Épinal

Depuis quelques jours nous vivons dans une attente fiévreuse des événements. De grand matin, on se précipite sur les journaux et on ne manque aucune des émissions de la radio. On se doute bien de ce qui va arriver mais on veut espérer quand même jusqu'au dernier moment. Lorsque la radio annonce la mobilisation générale pour le lendemain les cœurs se serrent en pensant à toutes les catastrophes qui nous menacent.

Le lendemain, mon grand-père décrit l'arrivée des jeunes mobilisés. *Vision d'une bien triste humanité : faces bestiales ou airs de bêtes traquées, brutes ou pauvres loques – bagarres, cris, blessures puis tout se calme.*

C'est le début des mois absurdes de la drôle de guerre. Les soldats enchaînent marches et manœuvres, s'entraînent à la DCA [1]. Pour consolider la ligne Maginot, on passe le temps à creuser des tranchées qui ne serviront à rien. Marcel va à la messe le dimanche, au cinéma le vendredi soir. Au gré de leurs déplacements dans l'Est, les troupes logent dans des fermes ou des écuries de la zone évacuée. Il fait froid. *Heureusement nous avons de la paille en quantité et nous arrivons à nous réchauffer en nous couchant.*

Petite lumière dans ce désert des Tartares, douze jours de permission lui sont accordés pour les fêtes de Noël. Marcel revient à Cours, voit sa famille. Il est heureux et il a raison car cela ne va pas durer.

Fin février, premières escarmouches. Dans une lettre datée du 28 adressée à ses parents, il se veut rassurant. *Il faut vous dire que bien qu'en première ligne, nous ne sommes pas à proximité*

1. Défense contre l'aviation.

immédiate des Allemands. Ces derniers ont subi quelques pertes. *Espérons que ça leur servira de leçon et qu'ils se tiendront tranquilles maintenant. Le moral est excellent ainsi que la santé et j'espère que tout ira bien jusqu'au bout.*

En mars, il reçoit l'autorisation de rentrer chez lui.

Puis les permissions sont supprimées au moment où j'allais partir. Déception.

Le jeudi 18 avril, les soldats montent dans un train à Ventoux-Vallières en ignorant leur destination. *Toutes les directions possibles sont données nous on ne sait rien de sûr.* Le bataillon traverse la France et se réveille à Landerneau, en Bretagne.

Il se produit quelques incidents regrettables. Un type se suicide d'un coup de mousqueton et deux autres essayent l'un de se pendre, l'autre de se jeter sous un camion. Le moral est assez bas car nous n'avons pas de permission avant de partir. On remplace nos chevaux par des mulets et le bataillon touche des camionnettes neuves.

Le mercredi 1er mai, Marcel embarque à Brest sur le *Compiègne*, paquebot des Messageries maritimes assurant avant guerre la ligne d'Indochine. *Vers 13 h les remorqueurs s'accrochent au bateau et nous démarrent d'une cinquantaine de mètres du quai puis s'arrêtent. Nous nous demandons pourquoi quand vers 4 h nous apprenons que nous devons débarquer. Nous avons tout d'abord peine à le croire tant ça nous paraît extraordinaire. Mais l'ordre arrive et à 6 h nous descendons du bateau.*

Une semaine plus tard, la troupe rembarque à bord du *Compiègne* qui, cette fois, gagne la haute mer escorté par trois contre-torpilleurs. *Tout le monde fait bon visage mais chacun regarde le plus longtemps possible la terre de France que nous ne reverrons peut-être pas avant longtemps et certains peut-être jamais hélas ! [...] Il y a un peu de mélancolie. Nous restons sous le pont à regarder les bateaux du convoi et les mouettes. La mer est calme.*

Pas pour longtemps, car nous sommes le 8 mai 1940. Le lendemain, après *un voyage sans incident*, le paquebot entre dans le canal Saint-Georges. Les côtes de l'Irlande et de l'Angleterre se dessinent au loin, c'est la première fois que Marcel Gibert voit un autre pays que le sien.

Vendredi 10 mai

L'Irlande est montagneuse et sauvage – l'Angleterre plus verdoyante. [...] Vers midi nous arrivons dans la rade de Greenoch – un avant-port de Glasgow où nous jetons l'ancre. [...] La ville a plutôt l'air triste et morne – ville d'usines qui s'étendent tout le tour. Nous nous demandons ce que nous allons devenir d'autant plus qu'on commence à murmurer que la Belgique et la Hollande ont été attaquées par le Reich.

Samedi 11 mai

On a l'air de ne pas savoir que faire de nous. On affiche sur le bateau les communiqués et les informations. Nous apprenons ainsi l'attaque allemande et les bombardements aériens. Grosse émotion car nombreux sont les types de Lyon, Nancy, Metz… Beaucoup qui jusqu'ici n'étaient guère enthousiastes sont pris de colère en apprenant ces bombardements sauvages et voudraient bien retourner en France pour se battre.

Elle nous est familière, cette émotion qui agite des soldats jusque-là peu concernés. C'est la révolte qui anime ceux qui s'engagent dans l'armée au lendemain d'un attentat. C'est l'exaltation du temps des représailles qui a parcouru la France après le 13 novembre quand, passé l'effarement, l'opinion communiait dans un désir de vengeance, satisfaite par un tressaillement ambigu à l'annonce des raids aériens sur les fiefs de Daech.

Dimanche 12 mai

Jour de la Pentecôte. Le matin grosse affluence aux deux messes dites à bord dans le fumoir des 1res classes [...]. Nous dévorons les communiqués qui sont encore assez imprécis. La bataille semble faire rage et on ne sait quelle en sera l'issue. Et toujours rien de nouveau pour nous.

Lundi 13 mai

Toujours au même endroit. Le temps est maussade, il pleut un peu et l'énervement gagne. On a l'impression d'être inutiles ici et ça nous met en colère. [...] Les types sont ulcérés de se voir parqués et traités comme des riens sur ce bateau où nous nous embêtons mortellement depuis 4 jours réduits à tourner sur les ponts comme des fauves en cage – inutiles tandis que d'autres se battent en France – et alors que les officiers ont tout le luxe possible et que les sous-officiers ont toutes leurs aises.

Le 14, les soldats français débarquent, prennent le train et sont consignés au camp de Gailes, à quarante kilomètres de Glasgow. Le 15, *nous apprenons avec stupeur que nous partons le lendemain matin pour retourner sur le* Compiègne. *Nous avoir amenés ici pour deux jours !*

Le 16 mai, sur le bateau, Marcel rédige une lettre à l'attention de ses parents : *Restons confiants malgré tout et confions-nous à la Providence. Il y aura certainement de durs moments à passer. Espérons qu'ils seront courts.*

Arrivé à Brest le 19, le bataillon est entassé dans un train le 21. *On nous arrête à Vaux-sur-Seine et nous allons à pied aux Mureaux. Nous sommes logés dans une magnifique école mais nous couchons dans les caves et comme il n'y a pas de paille nous couchons sur des fagots de bois.*

Les jours suivants sont passés à creuser des trous pour les emplacements de DCA en attendant l'orage.

Dimanche 26

Réveil à 4 h 30. Il faut embarquer tout le matériel puis à 7 h 30 nous partons sous la pluie. Ce n'est qu'une manœuvre. Jour vraiment choisi et attention charmante pour maintenir le moral des troupes.

On entend le courroux, toujours retenu, contre le mépris des gradés, l'opacité de leur communication, la hiérarchie qui impose des marches forcées épuisantes et inutiles, des mouvements aberrants usant la soldatesque, des décisions stratégiques suicidaires. On trouve dans ce récit l'illustration concrète de la faillite du commandement français, qui envoie un bataillon de la Lorraine vers l'Écosse la veille de l'invasion des Ardennes. Je vous ai épargné le détail des errances du caporal-chef Gibert. Pour résumer, de septembre à juin, il est bringuebalé d'Épinal à la Somme, en passant par Remiremont, La Ville-aux-Bois, Charly-sur-Marne, Anzeling, Drogny, Metz, Landerneau, Brest, Glasgow, Brest et Les Mureaux.

Dimanche 2 juin
Fête de maman dont le souvenir chéri ne me quitte pas de la journée. Depuis cinq mois je ne l'ai pas revue et quand aurai-je ce bonheur maintenant ?

12

Tout le monde avait un avis. Tout le monde le donnait. Moi, j'avais jamais rien dit. Presque rien. Je n'avais pas la moindre idée de la façon dont on pouvait éradiquer le terrorisme. Certains prônaient une thérapie par les animaux pour traiter les jeunes fanatiques : on leur ferait caresser des hamsters en les regardant dans les yeux pour réapprendre le respect de l'autre. L'initiative avait le mérite de nous renseigner sur l'état de désarroi du pays.

Je me tenais à l'écart de la politique par tempérament, affligé par l'impossibilité du débat, découragé par la confusion permanente. Chacun s'enfonçait dans son bout de réalité, dans des bulles dépourvues de passerelles et d'irréconciliables spirales d'indignation. Le principe de nuance prenait cher, ça se radicalisait dans tous les sens, il était certainement moins toxique de fumer du crack dans un squat de Clignancourt que d'endurer ce boucan. Le flux de l'information alimentait les angoisses, nous en avions conscience, et nous continuions à suivre le flux, hypnotisés. Notre cerveau somnambule y trouvait son compte, une récompense immédiate quoique coupable, semblable à celle du fumeur qui s'en allume une alors qu'il a décidé d'arrêter. Nous étions drogués à la catastrophe. Encore un peu, s'il vous plaît, suppliaient nos parts obscures.

Je m'aérais en disséquant le journal de mon grand-père, qui m'offrait une mise en perspective. J'étais au chaud et j'écoutais Curtis Mayfield, un café posé sur mon bureau, pendant que papy se caillait en attendant le blitzkrieg. Ne pas oublier que l'humanité va mieux. L'Histoire et l'actualité semblent être des champs de ruines car notre attention est percutée par les épisodes violents. Un attentat est choquant parce qu'il est inhabituel. On se souvient de ce qu'on faisait le 11 septembre 2001, pas le 10 septembre, ni le 27 octobre ou le 16 avril de la même année. Les époques de calme sont « les pages blanches de l'Histoire », selon le mot d'Hegel, celles qui intéressent moins les chercheurs, qui préfèrent travailler dans le sang. En notre qualité d'êtres empathiques, la conscience d'un monde meilleur devrait nous apaiser. C'est hélas un peu plus compliqué que ça. Le tourbillon médiatique produit l'effet inverse et la sensation d'être cerné par l'apocalypse est persistante. Les sentiments dominants restent l'impuissance, la frustration de ne pas avoir de prise sur le réel et l'impression d'être inutiles, tels Marcel et ses compagnons tournant comme des fauves en cage sur le pont de leur bateau alors que le sort de l'époque se joue loin d'eux.

Si nous sommes démunis face aux situations qui nous dépassent, nous pouvons choisir notre façon de les appréhender. Cela nous laisse une marge de manœuvre intime. J'ai tenté de m'imposer une hygiène numérique. Pour me libérer de l'immédiateté et nettoyer mon cerveau. Pour protéger l'Enfant, entité spongiforme absorbant tout ce qui passait autour de lui, mauvaises vibrations incluses. La télé n'était jamais allumée et l'ordinateur hors de sa portée mais le chenapan s'emparait des smartphones dès que nous avions le dos tourné. Il n'avait toujours pas de cheveux, il savait déjà prendre des photos et il serait bientôt en mesure de dénicher des vidéos de décapitations.

J'ai posté le statut suivant sur les réseaux.

Top 10 des astuces pour aller mieux :
1. Éteindre les écrans.

Je n'étais pas certain que ma vanne fasse mouche et j'avais raison de douter car personne n'en a saisi le ressort absurde (j'explique donc : on annonce un top 10, le premier point fait éteindre les écrans, donc on n'a pas la suite). L'heure n'était peut-être pas encore au retour de l'humour. Ou ma vanne était pourrie. Ou les deux.

Bien sûr, je n'avais ni la force ni l'envie de déconnecter complètement. Alors je m'imposais des moments off line. J'allais travailler dans les cafés du quartier et je menaçais le barman quand il me proposait les codes du wifi. J'ai téléchargé une appli interdisant l'accès à internet sur mon ordinateur pour un temps prédéterminé. J'ai désinstallé les réseaux sociaux de mon téléphone. J'ai continué à chercher l'icône Facebook sur mon écran tout en sachant qu'elle n'y était plus, comme les amputés qui sentent leur membre fantôme. Il nous avait fallu tellement peu de temps pour devenir des zombies.

Je m'insultais intérieurement à chaque fois que j'attrapais mon iPhone par réflexe, sans savoir ce que j'y cherchais, en quête de rien, pour me remplir. Abruti, tu sais qu'il est 11 h 11, tu as regardé l'heure il y a trente secondes. Tu n'as pas besoin de consulter la météo, tu vois bien qu'il ne pleut pas. Et pourquoi tu ouvres tes mails un dimanche matin quand ton fils te tire par la manche pour réclamer un câlin et t'offrir la pureté de son amour ?

Je barbotais dans un puits digital sans fond alors que la solution était là, pas sous mes doigts, sous mes yeux. Ma façon d'agir sur le réel : il fallait orienter ce petit être vers quelque chose qui s'approche du Bien. S'il n'appartient pas aux parents de décider de la destinée de leurs enfants, il est de notre responsabilité morale de ne pas en faire des crevures. J'essaierai de t'inculquer des aptitudes pour survivre sans générer de souffrance autour de toi, petit gars. De faire en sorte que ton passage sur terre soit moins nuisible que bénéfique à tes semblables.

J'avais dans cette mission délicate une alliée de choix en la personne de la Femme qui, en dépit de quelques travers (elle était ontologiquement incapable de ramasser une paire de chaussettes), était née avec une charge positive. Son optimisme inoxydable tutoyait parfois les limites du déconcertant. Elle avait à peine chancelé lors des attentats, ravalant sa peine quand certaines de ses copines passaient des jours à chialer. Pragmatique et peu portée sur la lamentation, elle s'en tenait à la rationalisation statistique du danger pour écarter l'angoisse. Il était plus risqué d'enfourcher son scooter que de se rendre à un spectacle – ce qu'elle faisait trois fois par semaine. Les événements ne semblaient pas avoir de prise sur elle. Elle traçait sa route, guerrière poids plume, imperméable à la marche d'un monde qui n'avait qu'à bien se tenir.

Mon petit,

Je t'écris du Karnataka, Inde, une nation de plus d'un milliard d'individus qui parlent 860 langues différentes. C'est le pays le plus fascinant que je connaisse. Il y a vraiment des vaches vautrées au milieu des rues, je viens de croiser un type torse nu qui brandissait un sabre en jouant de la trompette pour honorer Shiva et j'ai vu un tigre. Il faudra que je t'emmène ici un jour. Ou tu viendras tout seul si tu préfères. Tu viens de me parler au téléphone, une longue tirade à laquelle je n'ai pas compris grand-chose car tu n'as même pas deux ans.

जे ट'एमेम

Papa

13

Les bébés ont toutes les langues du monde à leur disposition. Leur cerveau et leur appareil vocal autorisent tous les idiomes humains. Nous appartenons à une même famille minée par les problèmes de communication. Mon fils pouvait naturellement intégrer le mandarin ou l'ourdou, nous avions choisi de privilégier le français. Il se contentait la plupart du temps de propulser des sons anarchiques qui avaient le projet de devenir des mots. Son vocabulaire s'étendait pour l'heure à *maman*, *papa* et *paquet* (je n'ai pas d'explication). Le miracle du langage est tel qu'il comprenait quand on lui parlait, en dépit de ce bagage somme toute limité. Il ne savait pas prononcer « lapin » mais si on lui demandait « où est le lapin ? », il courait chercher le livre pour pointer l'animal du doigt. Il n'était pas encore capable de dire « vache » mais poussait de grands « meuh » s'il en voyait une. Je m'extasiais devant son génie précoce avant de tempérer mon extase en constatant qu'il beuglait également son « meuh » à la vue d'un cochon.

L'Enfant virevoltait autour de mon bureau à la recherche d'une activité pour occuper les douze prochaines secondes de son existence. Il a commencé par souffler dans les fesses de son cheval gonflable puis s'est emparé d'un jouet musical clignotant dont la vente devrait être interdite pour préserver la santé auditive des parents, a appuyé frénétiquement sur le bouton jaune pour s'offrir une overdose de comptines. Une souris verte courait dans l'herbe et sur mon système nerveux, l'Enfant a explosé le jouet sur le sol, il était temps de l'aérer. J'ai empoigné son manteau et sa trottinette. Mon fils était à ce stade assez haut pour appuyer sur le bouton rez-de-chaussée de l'ascenseur, aptitude qui l'emplissait d'une fierté qu'il manifestait en répétant « paquet ».

Dans la rue, un homme interpellait la petite foule du dimanche matin, tel un prophète de l'Apocalypse, en gueulant « il suffit de sept clés pour fermer l'internet mondial. Ouais mon gars. Sept clés ! ». En voilà un qui avait trouvé une solution pour se désintoxiquer des écrans. J'ai pianoté sur mon téléphone pour éviter de croiser son regard. D'ordinaire, j'affectionne les discussions avec les fous, ils nous enseignent toujours quelque chose sur la société, mais là j'étais avec mon gosse et j'avais mieux à faire.

Nous avons traversé la rue pour entrer dans le parc des Buttes-Chaumont. Un bout de nature providentiel cerné par les artères polluées et les logements plus ou moins sociaux, une respiration urbaine qui déroulait pour l'Enfant un terrain d'aventure monumental, avec ses hectares vallonnés sinuant autour du petit lac, entre les cascades, les grottes et les ponts suspendus. On y trouve aussi des arbres – j'avais remarqué que c'était souvent le cas dans les parcs. Un platane d'Orient, un févier d'Amérique, un noisetier de Byzance, un orme de Sibérie, un cèdre du Liban cohabitent en harmonie dans un périmètre restreint. L'Enfant trottinait sous les frondaisons, plantait ses mains dans la terre. À son échelle, le parc devenait une Amazonie. Il y découvrait de nouvelles formes de vie, araignées, coccinelles, petits escargots portant sur leur dos leur maisonnette. Des volées d'énormes corneilles, qu'on prend souvent à tort pour des corbeaux, surveillent les lieux en compagnie des merles, des pies, des mésanges et de ces imbéciles de pigeons. Sur le lac, colverts, bernaches du Canada et hérons cendrés glandent sous les cris de mouettes égarées. Ces dernières années, l'organisation ornithologique du parc avait été modifiée par des apparitions exotiques. Des perruches Alexandre (*Psittacula eupatria*), qu'on disait échappées d'un container à Orly, avaient colonisé le parc, offrant à qui voulait bien lever la tête la splendeur de leur plumage tropical, un dégradé de vert parsemé d'éclats rouge et noir. Les parents prenaient les enfants sur leurs épaules en disant « regarde le bel oiseau » et les corneilles ne s'en offusquaient pas.

Les Buttes-Chaumont abritent également une grande diversité d'êtres humains. Les joggers sont la catégorie la plus représentée, on recense aussi des grands-mères papotant sur les bancs, des peintres devant leur chevalet, des clochards pas célestes, des retraités adeptes du tai-chi, de jeunes gens modernes bien habillés, des terroristes (les frères assassins du 7 janvier s'entraînaient ici, l'information n'avait pas fait baisser les prix de l'immobilier), des amoureux roulant dans l'herbe, des célibataires accompagnés de chiens et des familles munies de poussettes. À l'aire de jeux, des enfants blancs, noirs, arabes, asiatiques, juifs jouent ensemble. En grandissant, ils jouent moins ; certains apprennent même à se détester. Des rixes opposent parfois des bandes d'adolescents. La presse s'en fait l'écho. Je n'avais été témoin de violence qu'une seule fois dans ce quartier où j'habitais depuis une décennie. Rue Botzaris, deux racailles avaient arraché le sac d'une mamie asiatique. Le temps de comprendre la situation, les voleurs, qui couraient vite, s'étaient évaporés. La vieille était en pleurs, je ne savais pas quoi faire. Là encore, la scène était marquante car elle sortait de l'ordinaire. Chaque jour, des jeunes désœuvrés au pied des HLM préfèrent aider les mamies à porter leurs sacs de courses plutôt que le leur voler.

Le quartier est loin d'être un coupe-gorge, ce n'est pas un havre de tranquillité non plus. Les associations chinoises de Belleville avaient manifesté à plusieurs reprises pour réclamer plus de sécurité. Des médias expliquaient que les Chinois étaient victimes du racisme. D'autres médias expliquaient qu'ils étaient victimes du racisme des Arabes. Mon fils, lui, avait surtout peur des chiens. On pouvait le comprendre. À son échelle, un caniche devenait un grizzli.

On voyage à peu de frais par ici. Un concentré d'histoire migratoire avait essaimé dans les rues un restaurant grec, un cordonnier cambodgien, un restaurant ashkénaze (où trônait une photo de Michel Drucker), un café kabyle (où trônait une photo de Zinedine Zidane), un restaurant japonais, un vendeur de téléphones indien, une agence de voyages serbe, un restaurant tunisien, une épicerie égyptienne, un bazar pakistanais, un traiteur libanais, un néofromager savoyard, un traiteur poujadiste, un restaurant colombien, un fleuriste dépressif, un couturier turc, quelques concierges portugais, une brasserie auvergnate et une épicerie tenue par une Bangladaise avec laquelle j'avais sympathisé. Moni m'avait invité à déjeuner chez elle, avec son mari et ses enfants. Elle voulait fréquenter des Français, elle était heureuse de vivre dans une démocratie où elle pouvait être libre en tant que femme, mais s'étonnait de l'impunité dont jouissent les voyous dans notre pays. Ils avaient eu des tas de problèmes et leur commerce ne marchait pas fort.

À quelques mètres de chez Moni, la nouvelle brûlerie vendant du café costaricien à 22,90 les cent grammes se portait très bien. L'atelier de confection peuplé de dizaines de Chinois penchés sur leur machine à coudre venait d'être remplacé par le showroom d'une créatrice de bijoux. Non loin de là, un bulletin anarchiste mural clamait *J'irai vomir dans vos cornflakes* pour protester contre l'ouverture d'un bar à céréales. Je soupçonnais son auteur d'avoir tagué le *CFDT salope* sur la façade de l'organisation syndicale, ainsi que le

gentrification

rageur sur la résidence de standing en construction à côté du tabac-presse vietnamien devant lequel un Bulgare faisait la manche. Assis sur sa chaise pliante, il saluait tout le monde sans rien demander puis il comptait ses pièces en fin de journée, attachait sa chaise à une grille avec un cadenas, partait dormir je ne sais où, revenait le lendemain matin, détachait sa chaise et passait huit heures à dire bonjour aux passants, d'où qu'ils viennent. Dans ma rue-monde, des dizaines de drapeaux bleu, blanc, rouge pendaient aux fenêtres suite à l'invitation du président de la République française.

La Femme nous attendait dans l'établissement où nous avions nos habitudes dominicales. Comme à l'accoutumée, le patron a lancé un puissant « bonjour mes chéris » en surjouant son intonation de pétasse. Ce n'était pas un traitement de faveur, il adressait le même salut à tous ses clients, hommes, femmes, jeunes, vieux, pas de discrimination, tous chéris. Avec son mètre quatre-vingt-dix et sa carrure de boxeur antillais, son « bonjour mes chéris » outrancier signifiait *j'ai peut-être le physique de Mike Tyson, mais à l'intérieur je suis Dalida, et si ça te pose un problème n'oublie pas que j'ai le physique de Mike Tyson*. Abdel, le serveur, nous a apporté deux allongés et a offert une grenadine à l'Enfant. Il avait des yeux pétillants soulignés par sa barbe de hipster, il mesurait trente centimètres de moins que son patron et il était tout aussi gay. Il occupait une position identitaire inconfortable qu'on pouvait caricaturer de la façon suivante : aux yeux des blancs, il était arabe ; pour les Arabes, il était pédé. Il ne se plaignait jamais – sauf le jour où il s'était fait cambrioler, juste après le passage du plombier. Abdel, qui n'avait pas d'enfant, avait spontanément couvé notre fils de son affection. Il le prenait dans ses bras pour lui montrer le fonctionnement de la tireuse à bière (bel exemple pour la jeunesse) ou lui refiler des bonbons (nous étions contre les sucreries mais c'était offert de bon cœur). Chaque dimanche, il lui faisait nourrir les poissons de l'aquarium, déclenchant de longues séquences de béatitude chez l'Enfant. Ce dernier arborait son sourire de ravi, écarquillait les yeux, hypnotisé par le ballet aquatique des poissons rouges se précipitant sur les miettes. Il appuyait son doigt contre la vitre de l'aquarium et, désireux d'établir une communication interespèces, il prononçait ce mot : « meuh ».

14

Le lundi 3 juin 1940, vers midi, l'aviation allemande commence à bombarder le bataillon de Marcel Gibert. *Nous nous mettons au DCA mais ils sont trop hauts. Et nous ne pouvons qu'écouter siffler et exploser les bombes. [...] Quelques morts et blessés. [...] Une bombe est tombée juste de l'autre côté de la rue en face de chez nous. [...] Certains trous sont formidables.*

La journée du lendemain est calme, les soldats quittent Les Mureaux en direction d'Abbeville. Ils arrivent le 5 juin à Beaucamps-le-Vieux. *Les Allemands ont réussi encore une fois à percer sur la Somme et ils avancent à toute vitesse [...]. Nous nous installons dans un petit taillis. Nous ne savons pas grand-chose de la situation. Le soir rien à manger.*

Marcel décrit un ciel constellé d'avions de la Luftwaffe. Quand un appareil français apparaît, il se fait descendre. *L'avion s'est littéralement volatilisé. Il n'en reste presque plus rien comme du corps de l'aviateur tout déchiqueté.*

Ce n'est qu'un préambule. La tempête arrive et Marcel sait qu'il devra la traverser. Est-ce qu'il crève de trouille ? Souhaite-t-il prendre ses jambes à son cou ou est-il au contraire galvanisé par l'envie d'en découdre ?

Jeudi 6 juin

Dès le matin on entend une très violente fusillade et canonnade tout près de nous. Que se passe-t-il ? Les Allemands paraît-il ont avancé et ne sont qu'à une dizaine de kil. Nous nous installons en vue d'un tir terrestre et nous attendons. La bagarre se poursuit. Le soir nous assistons à un formidable combat d'avions juste au-dessus de nous : une quarantaine d'avions aux prises dont une quinzaine de français. Nous en voyons descendre cinq, dont deux français hélas.

Vendredi 7 juin

Soupe à 3 h du matin pour toute la journée mais il n'y a rien. La centaine d'avions que nous avons vue hier est allée bombarder nos arrières et le centre de ravitaillement. Les Allemands ont encore avancé durant la nuit. Sur notre droite ils ont fait une large brèche et foncent vers la Normandie. Beauvais serait pris. Devant nous ils ne seraient qu'à deux ou trois kil. Nous tâchons de nous enterrer le plus possible mais ce n'est pas facile presque sans outil dans un sol où il n'y a que des racines. (Écrit sous la mitraille.) Depuis midi les deux artilleries se livrent un duel fantastique avec tous les calibres. Les Allemands envoient beaucoup de fusants qui éclatent surtout en avant de nous – mais certains tout près. Les fusils-mitrailleurs et les mitrailleuses ne cessent de crépiter toute la journée. À 8 h du soir ça dure encore. Nous ne savons pas le résultat de cette journée de grande bagarre. À 9 h on nous prévient qu'à 9 heures et demie le régiment qui est devant nous va décrocher décimé. Les Allemands ont allongé un peu leur tir et c'est maintenant la 1ère compagnie et nous qui dégustons copieusement.

Ce même jour, Marcel envoie une carte à ses parents : *Pour le moment le bataillon n'a pas encore été engagé mais il se pourrait que ça ne tarde guère. Et alors… à la grâce de Dieu. Ayez confiance comme j'ai confiance et continuez à prier pour moi comme vous le faites. Ne vous inquiétez pas si vous ne recevez pas très régulièrement de nouvelles. Je n'aurai peut-être pas toujours bien le temps de vous écrire et vous pensez bien que le courrier est tout désorganisé en ce moment.*

Son intuition est juste, il n'aura pas l'occasion d'écrire les jours d'après, ni à sa famille ni à son journal, qui se poursuit ainsi :

(Écrit le 12 juin en mer.)

Quel soupir de soulagement en voyant la mer ce matin et surtout en montant sur ce bateau. En revivant les 5 jours terribles que nous venons de passer nous nous demandons bien comment nous sommes en vie.

Samedi 8 juin 1940

Nous avons travaillé presque toute la nuit à creuser nos emplacements dormant seulement deux heures. Le matin il fait un brouillard épais et nous ne voyons pas les crêtes en face tenues par les Allemands. Ceux-ci en profitent sans doute pour descendre dans la vallée car à 4 h 30 la bagarre commence. Nous entendons la 1ère et la 2e compagnie se défendre vigoureusement. Nous enrageons contre ce brouillard. Nous tirons cependant quelques rafales un peu au jugé pour donner aux voltigeurs au moins un appui moral. L'artillerie se met de la partie des deux côtés ainsi que l'aviation allemande. [...] Nous apprenons que les deux compagnies subissent une attaque terrible et meurtrière. Nous nous inquiétons de voir près de nous un bois non occupé à notre droite mais on ne veut pas nous écouter. Vers 9 h 30 l'artillerie française se tait brusquement et nous n'entendons plus un coup de canon français alors que toute la journée nous serons pilonnés sans arrêt par des milliers d'obus. De même pas un avion allié mais des nuées d'allemands qui bombardent et mitraillent. Où donc est tout notre fameux matériel !

Ce bref moment de sidération laisse vite la place à l'action pure et dure. Le premier contact direct de Marcel avec l'ennemi a lieu à 13 heures.

Nous les laissons avancer jusqu'à ce que nous puissions tirer et nous ouvrons le feu sur eux. Mais ils passent plus à droite dans le bois qui n'est pas tenu et lorsqu'ils sont à 50 mètres avec leurs mitraillettes nous sommes obligés de nous replier. [...] Nous prenons le plus de matériel possible et nous partons abrités un peu par les haies mais accompagnés par les salves des mitraillettes et sous un bombardement encore accru si possible. Par miracle personne n'est touché. [...]

À plusieurs reprises nous avons été couverts de terre et de pierres mais sans mal. [...] Nous tirons sur les renforts allemands qui descendent la crête en face. Andrieux et Tonnelier sont grièvement blessés. L'ordre est de tenir et nous tenons malgré tout. Les avions sont revenus et nous bombardent et nous mitraillent. La 1ère et la 2e compagnie sont paraît-il encerclées depuis longtemps et presque anéanties. À 6 h 30 l'ordre de repli arrive. Des unités voisines ont paraît-il lâché pied et nous devons reculer sous peine d'être encerclés. Le lieutenant commandant la CA[1] qui est allé faire une reconnaissance dans le bois et s'est heurté aux Allemands nous dit que nous avons eu une riche idée de décrocher à temps car un quart d'heure plus tard la section subissait le sort de la 1ère compagnie. En se repliant le lieutenant Mignonneau est blessé à la jambe par un éclat d'obus. On le hisse sur un cheval. Brugoroux est légèrement blessé à côté de moi. Nous traversons le village sous le bombardement. Quel changement depuis trois jours ! Vide maintenant et déjà sérieusement abîmé.

Ces scènes de combat, je les avais lues des années plus tôt. Mais je n'étais plus le même

1. Compagnie d'appui, plausiblement.

lecteur ; j'étais désormais frappé par des phrases qui n'avaient pas vraiment retenu mon attention auparavant – ou que ma mémoire avait effacées.

Nous ouvrons le feu sur eux.

Nous tirons quelques rafales un peu au jugé.

Rien d'extraordinaire, c'est la guerre, on tire sur l'ennemi. Mon grand-père a peut-être tué quelqu'un. Plusieurs personnes. Peut-être pas. Il est probable que lui-même n'en ait rien su. Des rafales lâchées à l'aveugle derrière un talus, qui sait où atterrissent les balles ? Il a pu se poser la question toute sa vie : ai-je tué ? Un jeune Allemand qui n'avait pas plus envie que lui de faire la guerre. Est-ce que ça a pesé sur sa conscience ?

Après l'assaut vient le temps de la débandade. Les rescapés marchent vers Rouen chargés de leur matériel. *Mais il fait une chaleur torride – nous sommes exténués et c'est lourd [...]. Sur l'ordre du commandant de compagnie nous abandonnons nos pièces après les avoir rendues inutilisables [...]. Nous marchons sous bois dans la nuit. Halte à un carrefour – on veut s'arrêter pour coucher – convoi qui passe. Nous nous endormons et quand nous nous réveillons nous sommes seuls.*

15

Un borborygme m'a tiré du sommeil, je me suis dirigé vers la chambre du fils en me frottant les yeux. L'Enfant s'est levé dans son lit à barreaux et a prononcé deux mots accolés l'un à l'autre. « Coucou papa. » Apparition de la syntaxe, électrochoc de joie dans la poitrine du père. Coucou fils.

La semaine suivante, il baragouinait sa première phrase, « apotéouwet », qu'on traduira facilement par : *la porte est ouverte.* C'était une imitation de la voix métallique du digicode de l'immeuble, qu'il entendait quatre fois par jour. Sa première phrase ne lui aura donc pas été enseignée par ses parents ou d'autres êtres humains, mais par une machine. Son vocabulaire s'enrichissait quotidiennement de bouts de locutions que seuls ses géniteurs pouvaient comprendre. « Féfwa » quand il faisait froid, « ffffff » pour la chaleur, « pati » pour le départ ou l'arrêt de quelque chose, « anane » pour banane, « abou » pour hibou et « chat » pour chat.

Peu de temps après, dans un processus d'affirmation de soi, il a découvert un nouveau mot, simple et efficace, un palindrome redoutable qu'il utilisait sans modération.

– Non.

– Mais j'ai rien dit.

– Non.

Nous avons tenté de lui inculquer la beauté du *oui*. Il s'en souciait comme de sa première tétine, préférant manier le pouvoir du *non*. Un *non* de principe, de ponctuation, rhétorique.

– Non.

– Quoi ? Tu veux un biberon ?

– Paquet.

Ça voulait peut-être dire *OK*. Je revenais avec un biberon.

– Non.

Ce n'était même pas un *non* déterminé et défiant, plutôt un *non* de l'évidence, vaguement méprisant, un *non* qui hausse les épaules pour dire *mais enfin, espèce d'idiot, je ne veux pas de biberon*.

Les lignes de son tempérament commençaient à se dessiner. « Il sait ce qu'il veut, hein. Il a du caractère », nous rapportait Amina dans ce langage diplomatique propre aux professionnels de la petite enfance, que nous traduisions par *quel boulet, votre lardon*. Ses colères, en effet, étaient homériques, incompréhensibles, renforcées par la frustration d'être dépourvu de mots pour les exprimer. C'était l'âge des premières rébellions, il testait l'autorité parentale en même temps que les lois de la gravité.

– Ne jette pas ton biscuit par terre.

L'Enfant s'emparait d'un autre biscuit. Soutenait mon regard. Jetait le biscuit. Et continuait à me fixer l'air de dire *vas-y, tu vas faire quoi maintenant*. Je ne le quittais pas des yeux. Lui non plus. Il tenait longtemps. Très longtemps. Ce gamin était coriace. De mon côté, j'étais un homme et, pardon, pas n'importe lequel, j'étais Va-Partout l'intrépide, celui qui traverse la planète sans frémir, dépèce des phoques au Groenland, fraye avec les gangsters dans les Caraïbes et survole en parapente les montagnes sacrées d'Himalaya, je n'allais quand même pas perdre à la baston de regard contre un nain incapable de prononcer le mot *banane*. Et puis, finalement, si.

L'âge du *non* est aussi l'âge du nom. L'Enfant s'est mis à verbaliser le sien. Au tout début de sa vie, *Homo sapiens* évolue dans un univers mental nébuleux où l'être et le monde sont indissociés. Il ne sait pas qu'il existe. Il se contente de formuler ses besoins vitaux en hurlant. Sa conscience de lui-même émerge un jour, face au miroir. Il comprend qu'il est un individu. Il dissocie maman, papa et lui-même. Plus tard, après avoir prononcé « paquet » quelques milliers de fois, il articule des mots comme « moi » ou « je ». Il est une personne, il y a d'autres personnes. Il interagit avec elles et le conflit est inévitable. La violence fait son apparition. On doit s'y résoudre : la croissance d'un enfant s'accompagne de la perte progressive de son innocence. C'est une loi de la nature et ça vous fout en l'air. Étrange sensation que cette nostalgie par anticipation, ce bonheur presque douloureux qui s'empare du parent, spectateur privilégié d'une existence qui démarre, des premières fois qui, par définition, ne se reproduiront pas et nous renvoient à ce que nous ne serons plus jamais. La joie pure de vivre ces moments le dispute à la mélancolie de les voir disparaître, engloutis par le cours des choses.

Dans une dizaine d'années, ce petit être qui murmure « coucou papa » au réveil sera un adolescent qui écoutera de la musique pourrie, se branlera trois fois par jour, emploiera des expressions que je ne comprendrai pas, me considérera comme un vieux schnoque ; et je l'aimerai comme au premier jour.

Mon petit,

Je t'écris de Bakou, Azerbaïdjan, un joli petit pays du Caucase (regarde sur la carte du monde) où il ne fait pas bon contester l'autorité. La vie est bien différente ici. Les gens ne parlent pas à voix haute et tout est mensonge. Tu vois, il est toujours bon de visiter des régimes autoritaires, ça nous rappelle la valeur de la liberté qui est la nôtre.

Sois sympa avec ta mère.

Səni sevirəm.

Papa

16

On s'écharpait sur la question : sommes-nous en guerre ?

Bien sûr que non : nos villes ne sont pas bombardées, nos rues ne sont pas bardées de snipers et il n'y a pas de tranchées dans nos campagnes.

Alors sommes-nous en guerre ?

Bien sûr que oui : une organisation terroriste, secondée par une nébuleuse insaisissable, nous l'a déclarée – comme elle l'a fait au monde entier. Et quand on vous a déclaré la guerre, vous êtes bien avisé d'en prendre acte. D'autant que les gars en question ne sont pas spécialement des guignols. On peut faire bien des reproches à Daech, il faut admettre qu'ils accordent leurs discours et leurs actes, quand il s'agit de massacrer.

Sommes-nous en guerre ?

Un peu, oui.

Une guerre asymétrique, bizarre, inédite, sans début et peut-être sans fin, la première guérilla mondiale.

La guerre, je n'y connaissais rien. Ma famille et mes amis, à de rares exceptions près, non plus. Nous étions des innocents. Mes grands-pères, eux, l'avaient traversée. Marcel bien sûr, mais aussi Raphaël, le père de mon père, qui avait combattu sur plusieurs fronts. Ils avaient accumulé un savoir empirique par la force des choses ; et ils ne l'avaient pas partagé de leur vivant.

Au fil de mes reportages, j'avais bien fréquenté des pays instables, passé des check-points tendus dans des régions en ébullition, couvert des manifestations qui dégénéraient et traversé quelques émeutes. Mais je n'avais jamais entendu les balles siffler à mes oreilles ou les obus tomber au hasard. Je n'avais jamais eu l'occasion d'avoir *vraiment* peur.

Il faut tout de même que je raconte ce jour où j'ai été kidnappé. Je roulais avec un photographe sur une route de montagne quand des hommes cagoulés ont surgi, nous ont fait sortir du véhicule à coups de crosse de fusils-mitrailleurs avant de nous plaquer face contre le sol. L'un d'entre eux a attaché mon pied droit à ma main gauche avec des menottes et il a écrasé sa ranger sur mon visage en me traitant d'espion. Le photographe subissait le même sort et l'un des cagoulés s'est esclaffé « il a un bon petit cul lui, je me demande si je vais me le taper avant ou après de le buter ». Ensuite, celui qui me marchait sur la gueule a éructé « toi je vais te pisser dessus » et j'ai effectivement senti un liquide couler dans mon cou. Il a ensuite tiré une rafale près de ma tête et mes oreilles se sont mises à bourdonner.

Fort heureusement, ce n'était qu'une simulation, dans le cadre d'un stage de formation aux zones de conflit que l'armée de terre française dispensait à quelques journalistes. La simulation était toutefois suffisamment réaliste pour atteindre son objectif : nous secouer vigoureusement afin d'évaluer notre capacité à supporter la pression. Pendant une semaine, nous avions vécu dans un fortin avec l'élite des formateurs de commandos, de sympathiques militaires qui nous surnommaient affectueusement « les bolcheviques ». J'en garde un très bon souvenir (car ils ne m'avaient pas vraiment pissé dessus, c'était de l'eau). On nous avait appris à poser un garrot, à faire du feu avec un tampon (règle de base en milieu hostile : toujours avoir des tampons sur soi, ça peut aussi servir à stopper une hémorragie, ce qui est d'ailleurs leur fonction initiale), à descendre en rappel avec des draps pour s'échapper d'une chambre d'hôtel cernée par des assaillants, à se planquer efficacement en situation de combat urbain, à retrouver son chemin de nuit avec une boussole. J'avais tiré à la mitrailleuse et avalé une sardine crue en entier d'un seul coup. Lors de la session « Comment réagir en cas de kidnapping », j'avais noté ce bon conseil : *Si on commence à vous torturer, tentez de vous échapper par tous les moyens possibles.*

Il y avait enfin une initiation au combat à mains nues durant laquelle l'instructeur nous avait enseigné les coups imparables et points névralgiques pour neutraliser l'adversaire. J'avais demandé une synthèse en fin de séance :

– En résumé, je fais quoi si un mec m'attaque ?

– Oh, le plus efficace, ça reste une bonne patate dans sa gueule.

J'étais rentré chez moi plein de testostérone et prêt à accueillir la troisième guerre mondiale du haut de mes nouvelles compétences. J'avais hélas tout oublié la semaine suivante ; la guerre c'est comme tout, il faut pratiquer pour entretenir les acquis. Je n'étais pas certain d'être capable de rester en vie en cas de conflit. Personne ne l'est. Ce ne sont pas nécessairement les plus forts, ni les plus intelligents, ni les plus courageux qui s'en sortent. Ce sont les plus collaboratifs qui survivent. Et peut-être aussi les plus chanceux. L'homme le plus entraîné peut s'effondrer dans l'action, et le moindre quidam s'y révéler héroïque. Pour connaître la guerre, il faut l'avoir vécue.

17

À l'aube du dimanche 9 juin 1940, une petite troupe disloquée de onze soldats français se réveille sans connaître sa position. *Nous grimpons dans un camion et nous nous laissons véhiculer, assommés*, écrit Marcel. Ils arrivent à Neufchâtel-en-Bray, Seine-Maritime. *La ville bombardée dix fois est en ruines et en feu. [...] Nous essayons de nous renseigner auprès des rares militaires qui sont là. Personne ne sait rien. Où aller ? Cette indécision nous fait rester un peu dans la ville. Quel spectacle d'horreur. Pas une maison debout – des rues bouchées sur deux ou trois mètres de haut par les ruines – le feu rôdant partout – des cadavres à demi calcinés parmi les décombres. Nous avons hâte de sortir de là.*

Marcel Gibert et ses compagnons d'infortune suivent la route de Rouen à pied jusqu'à Saint-Martin-Osmonville où des civils leur apprennent que les Allemands sont au village. *Indécision – conseil de guerre – certains font des bêtises (!). J'arrive à les décider à prendre la route de Saint-Saëns qui est à quelques kil.*

Le style allusif de mon grand-père peut être frustrant. Qu'est-ce que ça veut dire *certains font des bêtises* avec un point d'exclamation ? Je ne le saurai jamais.

À Saint-Saëns, ils tombent sur *une quarantaine de types* qui ont des infos : Rouen et Dieppe sont occupés. *Marcher de jour c'est risquer de se faire prendre. Mieux vaut attendre la nuit et partir avec eux qui sont du pays et par les petites routes veulent gagner Le Havre ou Yvetot. Nous nous arrêtons dans une maison et nous nous restaurons avec des biscuits en quantité. Vers 16 h nous sortons dans la rue. Des mitraillettes se mettent à tirer de tous les côtés. Nous n'avons plus rien pour nous défendre. Un peu d'affolement. Certains veulent aller se rendre et envoyer Siber (lorrain) en parlementaire. Il faut que je me fâche pour qu'on ne le fasse pas.*

Une légère satisfaction m'étreint à la lecture de cette dernière phrase : papy n'est pas un lâche, il prend les choses en main quand d'autres renoncent.

Le lundi 10 juin, en marchant vers Tôtes, ils sont de nouveau pris à partie. *Demi-tour en vitesse mais nous n'en pouvons plus et nous nous arrêtons à 500 mètres de là dans une ferme au milieu des bois où nous commençons à dormir un bon coup et à nous restaurer un peu ensuite. La fusillade se rapproche. Vers 5 h nous décidons de partir. [...] Nous marchons sur la route de Biville derrière le 69ème. À 4 ou 5 kil de Auffay brusquement la canonnade et la mitraille éclatent. La colonne est attaquée par une trentaine de chars. On fait face avec les FM*[1]*, les mitrailleuses et quelque 25 qui arrivent à incendier une dizaine de chars. Nous sommes plaqués dans un champ de blé. Quand nous voyons tout le monde refluer nous partons vers le N.O. Nous traversons 500 mètres de plaine sous le feu – les balles nous sifflent aux oreilles et nous voyons tomber les types en masse. Personne de chez nous n'est touché et nous filons à travers champ. De loin sur une route nous apercevons une colonne d'artillerie tractée. Après une course échevelée d'au moins 2 kil nous arrivons à la*

1. Fusils-mitrailleurs.

hauteur des derniers camions qui nous prennent de force.

La colonne fugitive fonce à travers un chaos de véhicules, de chevaux et de fantassins. Elle atteint le littoral le lendemain matin. *Tous les camions s'arrêtent à Veules*, note mon grand-père ce 11 juin. Sur la côte, la confusion est totale. Pris dans la souricière et pilonnés par les panzers de Rommel, les régiments français et britanniques espèrent leur évacuation par la mer, dans un remake de la bataille de Dunkerque qui a eu lieu quelques jours plus tôt. Mon grand-père n'en fait pas mention, il ne doit pas être au courant du sauvetage de l'armée anglaise grâce à l'armada affrétée par Churchill.

L'artillerie se met en batterie pour tenter de dégager le point d'embarquement. Marcel attend des ordres qui ne viennent pas. Il suit un groupe qui part en direction du bourg de Fontaine, dans les terres. *On s'arrête un kil plus loin à un carrefour et là les officiers (capitaine De la Boisse) nous laissent tomber.* (Le nom du gradé qui se défile est souligné rageusement par mon grand-père.) *Nous marchons sur la route de Saint Valery jusqu'avant le dernier village Ecot. Inutile d'aller à St V qui est en feu et qui est bombardé sans arrêt. Arrêt dans un bois – les types ne savent pas quoi faire. […] Ça se bagarre tout près. Nous sommes encore sous le bombardement. Nous nous couchons dans un coin pour attendre le petit jour.*

Mercredi 12

Vers 4 h 30 nous décidons de partir. Par bonheur il pleut et il y a du brouillard. [...] À nous 5 nous suivons les crêtes protégées par le brouillard et à 1 kil nous trouvons la mer. Nous suivons les falaises jonchées de matériel de toutes sortes. Certains descendent les 50 m de falaise avec des cordes. Plusieurs se tueront.

Nous gagnons Veules où il y a un monde fou mais où l'embarquement est commencé. Il n'y a pas de port et il faut d'abord passer sur des petites barques pour gagner les navires. Ça ne va pas vite. La marée descend. Il faut entrer dans l'eau jusqu'au ventre (pour moi) et même jusqu'au cou pour pouvoir embarquer. Le brouillard s'est dissipé – les dernières troupes anglaises de couverture se sont repliées. Les avions allemands essayent de venir sur nous la DCA en abat un et interdit le passage aux autres. J'embarque vers 9 h. L'artillerie allemande se met à tirer des deux côtés combattue par l'artillerie de marine dont le tir est très efficace. Nous voyons une barque chavirer devant nous – il n'y a que quelques sauvés. Vers 10 h 30 nous démarrons en commençant déjà à racler le fond. Je suis sur le Patrie. [...] Nous voguons bientôt tranquillement seulement survolés à deux ou trois reprises par des avions que notre DCA (d'une précision formidable) repousse. Mais un autre bateau reçoit une torpille. On nous donne des boissons chaudes et à manger. [...] La nuit il ne fait pas chaud.

Contrairement aux milliers de soldats qui n'ont pas pu accéder aux bateaux et seront faits prisonniers, Marcel est tiré d'affaire. Pour le moment. Au matin du jeudi 13 juin, le *Patrie* entre dans le port de Cherbourg *avec précaution car la veille il a été miné par les Allemands.* Les rescapés débarquent et sont dirigés vers le stade de la Marine où ils peuvent s'alimenter, faire leur toilette, écrire.

Lettre du 13 juin : *Bien chers parents, je suis sorti enfin sain et sauf de l'enfer de la Somme et je puis vous assurer sur mon sort après un long silence qui a dû vous inquiéter. Nous venons de vivre une semaine terrible et nous avons perdu une quantité de camarades. [...] La situation est presque désespérée et à moins d'un miracle il n'est guère possible que nous nous en sortions. Que va-t-on faire de nous maintenant ? [...] Le vendredi après-midi et surtout le samedi ont été épouvantables et depuis nous avons fait plus de 100 kil en trois jours en nous bagarrant à chaque instant pour réussir à gagner la mer et à nous embarquer à travers des péripéties formidables. Enfin, me voilà sorti de là sans une égratignure et en bonne santé. C'est le principal. [...] Excusez cette carte toute décousue, je ne sais pas encore bien ce que je raconte. [...] Recevez bien chers parents les plus tendres baisers de votre fils qui vous chérit.*

Marcel.

On notera la politesse insensée de ce garçon qui s'excuse d'écrire une *carte toute décousue* alors qu'il vient de traverser l'Apocalypse. On notera aussi que ces lignes écrites dans l'urgence, avec la mort aux trousses, sont totalement exemptes de fautes d'orthographe, comme l'ensemble de son journal.

À Cherbourg, le répit est de courte durée. Le soir même, Marcel rembarque avec deux mille autres soldats sur le paquebot le *Marrakech*. Il débarque dans la matinée du 14 juin à Brest où il apprend *les tristes nouvelles de France*. Il reprend la route. Ses compagnons et lui reçoivent l'*ordre de se débrouiller pour loger*. Ils trouvent refuge dans une ferme non loin de Rennes, où ils connaissent deux jours de repos malgré le bombardement de la ville. Marcel en profite pour dormir sur *un bon lit de paille* et aller à la messe.

Lettre du 15 juin : *Que de visions d'horreur ! [...] Tout semble perdu et il n'y a qu'un miracle qui puisse nous sauver. Obtiendrons-nous ce miracle ? Demandons-le en tout cas car ce serait trop horrible de voir triompher une telle barbarie.*

Mardi 18

À 2 h un motard vient nous apporter l'ordre de ficher le camp d'urgence sur Vannes. Les officiers nous ont laissés tomber – notre aspirant de la ½ brigade est parti depuis longtemps sans s'inquiéter de nous. Nous partons presque les derniers.

À St-Méen-le-Grand nous voyons passer quatre automitrailleuses allemandes les soldats assis dessus en béret. Ils ne disent rien à personne. Qu'est-ce que cela signifie ? [...] Ils filent sur Brest quelques-uns s'arrêtent et disent que la guerre est finie avec nous. Ils n'en veulent qu'aux Anglais. Ils sont très corrects – demandent à manger et à boire en payant – veulent serrer la main à quelques soldats « camarades français ».

La guerre est finie ? On ne sait pas trop car c'est la fin du monde. *Quelle tristesse de voir ça !* s'agace Marcel en décrivant des soldats français qui se saoulent et *font des histoires*. Dans l'attente d'un éventuel retour à une situation compréhensible, il va trouver une ferme où s'abriter pour la nuit et les jours suivants.

Samedi 22

Rien de nouveau durant la journée. Mais le soir malgré la défense de sortir un sergent et quelques types vont au village se font ramasser. [...] Aussitôt les Allemands arrivent nous font embarquer dans des camions et conduisent la colonne au camp de Coëtquidan où nous arrivons vers 3 h du matin. Nous logeons dans l'hôpital polonais chambre claire, lits, draps (la première fois depuis le début de la guerre) nous dormons vraiment bien. [...] Nous restons là six semaines assez bien nourris et bien couchés.

Ce *rien de nouveau durant la journée* sonne a posteriori avec une cruelle ironie. Car il y a du nouveau : l'armistice est signé ce jour-là. Marcel l'ignore, il n'a pas Twitter. Il arrive au camp le 23 mais le traité n'entre en application que la nuit du 24. À quelques heures près, il aurait pu être démobilisé et rentrer chez lui. Il a dû l'apprendre plus tard, avec la rage de celui qui a vu s'envoler des années de liberté à cause d'un détail de calendrier.

En août et septembre, le caporal-chef Marcel Gibert est interné à Compiègne, d'abord à la caserne Jeanne-d'Arc, puis au camp de Royallieu du 8 octobre au 8 décembre, date à laquelle les prisonniers sont entassés dans un train.

Le journal de guerre de mon grand-père s'achève ainsi :

Le 9 décembre vers 14 h nous arrivons en Allemagne. Nous allons dans un camp près de Limbourg.

18

Le danger est partout.

Le visage de la Femme s'est affiché sur l'écran de mon téléphone, j'ai décroché, « allô choupinette », et ce n'était pas la voix de choupinette à l'autre bout du fil.

La seconde qui suit ouvre un abîme, un trou noir pouvant tout engloutir.

– Ne vous inquiétez pas, votre amie a eu un accident de scooter.

Ma princesse avait chuté sous le pont de l'Alma. Elle était sonnée mais consciente.

Les pompiers sont arrivés, ils l'ont embarquée, sirène, hôpital.

J'ai déposé l'Enfant dans les bras de la voisine (pas celle du 5e) et j'ai foncé, sans sirène, à l'autre bout de Paris. À l'accueil des urgences, on m'a assuré qu'elle était en soins, on ne pouvait pas la voir pour le moment. Je suis sorti fumer quatre ou cinq cigarettes et je suis revenu à la charge. Non, toujours pas, impossible. Je n'avais plus de cigarette. Nouvelle tentative, nouvel échec. Une demi-heure plus tard, j'ai déjoué la vigilance de l'accueil pour me glisser derrière la porte battante flanquée d'un panneau *Interdit au public* et essayer de trouver la mère accidentée de mon fils.

Elle était là, de l'autre côté de ce mur, depuis une heure. Personne ne s'était occupé d'elle. Elle n'avait plus d'incisives et un gros amas de chair gluante lui tenait lieu de genou droit.

Un infirmier est enfin venu pour l'emmener à la radio. Pas de fracture, bon, mais il faudrait opérer cette jambe pour la remettre d'aplomb, on ne savait pas trop si les tendons étaient touchés, on verrait ça demain. Pour l'heure, je devais rentrer, laisser la Femme dans sa nuit de douleur solitaire. J'avais un enfant à rassurer.

La suite, une succession d'allers-retours entre la maison et l'hôpital. Trois jours durant lesquels la Femme a attendu une opération qui devait survenir bientôt, dès qu'un bloc serait libre. Trois jours sans le moindre diagnostic, sans voir un médecin, sans manger (j'exagère, on lui a accordé une pomme et un yaourt le deuxième jour).

Elle partageait sa chambre avec une vieillarde, une grande bourgeoise qui plongeait régulièrement sa main dans sa culotte pour savoir si elle avait déféqué ; et c'était parfois le cas. Dans la chambre d'en face, une autre mamie poussait de lancinants « aidez-moi » à intervalles réguliers, toutes les minutes, sans que personne ne s'en préoccupe. La première fois, j'ai appelé une infirmière qui m'a répondu en soufflant « oh elle a rien, elle est folle, on n'a pas le temps de traiter ça ». Routine d'un hôpital français au temps des coupes budgétaires. Ma conscience politique s'est décalée d'un cran à gauche et, pour passer le temps, j'ai maudit les milliardaires qui paient leurs impôts aux Bahamas.

La Femme souffrait, je ne pouvais pas rester les mains dans les poches. J'ai vidé une colère froide sur le bureau des plaintes de l'établissement, avec de grandes phrases sentencieuses incluant les termes « négligence médicale » et « conséquences judiciaires ». Je n'étais pas très fier d'engueuler une personne dont le métier est de se faire engueuler mais dans certaines situations on ne peut pas se contenter de subir. La Femme m'a avoué avoir été un peu excitée en m'entendant monter dans les tours pour la secourir. Je me suis retenu de lui répondre que, de mon côté, je la trouvais moyennement excitante sans ses dents. À ma grande surprise, un médecin a fait son apparition une heure plus tard, trois jours trop tard.

On a opéré la Femme. Le lendemain, elle revenait à la maison, où l'Enfant s'impatientait. Elle s'en tirait avec des dents toutes neuves, quelques semaines de béquilles et une sale balafre. Rien qui modifie un parcours.

Elle a racheté un scooter.

Le danger est furtif, il adore s'infiltrer dans la paisible routine du quotidien.

C'était la fin de l'après-midi, j'allais chercher l'Enfant d'un pas bonhomme quand les lumières éteintes et les va-et-vient pressés m'ont averti d'une interruption de la normalité. Que faisait ce troupeau d'enfants réunis dans la cour, pieds nus et en T-shirt, alors que la température était frisquette ?

La crèche avait pris feu.

Les gamins jouaient à l'étage, une fumée puis des flammes ont surgi du faux plafond. La directrice a coupé le courant, Amina et ses collègues ont exfiltré une soixantaine de mômes en tentant de maîtriser la panique. Les pompiers (encore eux) ont rappliqué et personne n'a été blessé. Les murs de la pièce accueillant les bébés étaient noircis par la suie. « Ça fait froid dans le dos », commentait une mère sans qu'on puisse lui donner tort en dépit du choix de son expression thermiquement paradoxale. À première vue, l'Enfant n'avait pas l'air traumatisé. Il s'est jeté dans mes bras et je l'ai incité à raconter la scène. Il semblait surtout fasciné par l'intervention des sapeurs. Mais pendant les mois qui ont suivi, la vue d'une flamme ou le simple mot *feu* provoquaient chez lui un tressaillement de crainte. Depuis, il veut être pompier. Un court-circuit suffit à susciter des vocations, au prix de quelques cauchemars.

Condamné à l'intranquillité par l'existence de son enfant, le parent, programmé pour protéger sa descendance, se fait des nœuds au cerveau. Ça veut dire quoi, protéger ? J'étais porteur d'une inquiétude nécessaire que je voulais maintenir dans des proportions raisonnables, suffisantes pour conserver une vigilance sans toutefois diffuser une angoisse contre-productive. Où se trouve l'équilibre entre sécurité et confiance ? Le périmètre de liberté laissé aux enfants s'était affreusement réduit en une génération. Mes parents me laissaient rentrer de l'école tout seul à six ans. Impensable de nos jours. Le monde n'est pas devenu plus dangereux, notre conscience du danger s'est accrue. On ne lâche plus ses gamins des yeux. Réduction de l'autonomie géographique. Les blousons munis de balise GPS existent déjà et il n'est pas insensé d'imaginer une géolocalisation généralisée des enfants dans un futur proche. On ne lâche plus nos gamins des yeux et ils collent les leurs aux écrans, espace de liberté affranchi de la surveillance des adultes.

Je partageais ces considérations avec mes nouvelles copines du parc où j'emmenais l'Enfant s'initier au toboggan après la crèche, quand elle n'avait pas pris feu. On y retrouvait le peuple de 17 heures-18 h 30, composé de mères prolongeant leur congé maternité, de quelques pères intermittents et de nounous, Irina qui s'occupe de Basile, Souad de Garance. Il n'était pas rare que je sois le seul homme parmi les mères en série et les petites mains discrètes du prolétariat féminin immigré. Les enfants, transcendant les clivages sociaux, nous offraient des sujets de conversation.

Je me plaisais à renvoyer une image de père tout-terrain pour frimer devant les filles. Je détaillais les rendez-vous à la PMI, dissertais sur les mérites comparés des différentes marques de lait en poudre, pestais contre la jungle paperassière qui jalonne la croissance d'un enfant. Je me montrais solidaire des mères qui couinaient sous le poids de la *charge mentale*, tout en leur rappelant qu'elles n'en avaient pas toujours le monopole (la Femme, par exemple, était atteinte d'une forme aiguë de phobie administrative). J'expliquais comment j'avais retrouvé le doudou de mon fils, une histoire héroïque qui m'avait vu arpenter les allées des Buttes-Chaumont pendant une heure tel le chien truffier avant de mettre la main sur le lapin en peluche. Bref, je me la pétais en père idéal. Jusqu'au jour où j'ai égaré mon fils.

Il jouait vers le toboggan.

Je l'avais en visuel.

Il était là.

J'ai tourné la tête deux secondes.

Il n'était plus là.

Ça arrive tout le temps. On fait un tour sur soi-même et on l'aperçoit dans un coin.

Là, non. J'ai marché cent mètres vers la gauche puis cent mètres vers la droite. Toujours rien. Début de suée. J'ai couru trois cents mètres vers la gauche, quatre cents mètres vers la droite. Pas d'Enfant. J'ai alerté mes copines de parc, qui ont prospecté de leur côté. (Je m'entendais déjà appeler la Femme : *Choupinette ? Oui, ça va, comme ci comme ça. Comment dire ? J'ai un peu perdu l'Enfant.*)

J'ai finalement retrouvé mon fils, pas très loin, cinq minutes plus tard, en train de contempler une coquille d'escargot dans un fourré. Cinq minutes suffisantes pour que je visualise l'intérieur de la camionnette d'un pédophile.

Pas besoin de terroristes, ni même de situation périlleuse, pour activer les pensées macabres. Tous les parents ont déjà imaginé la mort de leurs enfants, à froid, au calme. Il ne faut pas en avoir honte, c'est une façon de se cuirasser. Formuler l'horreur mentalement permet de l'anticiper et d'amortir le choc. Au cas où.

Le danger n'est pas partout. Il nous frôle ou passe au loin, nous épargne à une seconde ou un millimètre près, frappe un inconnu ou un proche dans votre rue ou à Montevideo, au moment où j'écris ces lignes, dans l'injustice du hasard.

Le danger façonne la créativité des hommes, qui ont inventé le karma, le mektoub, la destinée, autant de fictions bâties pour supporter l'indifférence de l'Univers. Post-it de la Faucheuse collé sur nos consciences, le danger nous rappelle notre condition périssable, qui stimule notre ardeur à vivre.

Je suis revenu à la maison avec mon fils sur les épaules et j'ai souri devant les mots qu'un plaisantin avait tagués sur un bac à fleurs. Dans un vibrant hommage de plein air à l'un des grands poètes de la variété française, on pouvait lire

N'attendons pas que la mort
nous trouve du talent

Mon petit,

Je t'écris du Cameroun, où je suis en résidence – trop longtemps loin de toi – pour écrire et parler de littérature aux jeunes de ce beau pays fatigué. Ici, les écoles ne sont pas les mêmes que chez nous, les enfants si.

Tu m'as demandé hier au téléphone si j'avais vu des popotames. Non, il n'y en a pas à Yaoundé, ni à Garoua, ni à Bafia, ni à Bangoulap. Un jour, nous irons ensemble voir les animaux dans la savane, s'il en reste.

Gue konwou.

Papa

19

Je me souviens du jour où mon fils a découvert le meurtre. La fourmi se promenait dans les allées du parc, vaquant innocemment à ses activités. L'Enfant a marché dessus. Volontairement.

– Pu bougé, la foumi.

L'Enfant constatait son pouvoir sur son environnement. Il semblait en tirer une satisfaction inquiète. Il palpait cette jouissance de la destruction qui sommeille en chaque être humain – en chaque mâle, du moins.

Mon fils grandissait dans un milieu stable. Il ne manquait pas d'amour. Cela ne l'empêchait pas de frapper, mordre, griffer pour exprimer ses frustrations. Ne frustre pas ton enfant, me direz-vous. Il y a néanmoins des points sur lesquels je reste intraitable, comme l'interdiction de jongler avec des couteaux ou de boire de l'eau de Javel. Éduquer, c'est contenir la bête pour la prémunir de la destruction et de l'autodestruction. Éduquer, c'est frustrer.

À l'aire de jeux, un petit garçon a essayé de s'emparer de la voiture que mon rejeton tenait dans ses mains. Mon fils a rugi « nan c'est ma voitu » et il a fracassé le jouet en métal sur le front de son camarade. J'ai consolé le gamin en pleurs, j'ai présenté mes excuses à ses parents, disputé l'Enfant et lui ai demandé de dire « padon » à sa victime. J'étais mortifié (mon fils est une brute) et soulagé (il ne se laisse pas marcher sur les pieds).

La crèche et le bac à sable sont des jungles miniatures, heureusement gardées par des adultes censés représenter la civilisation. Souvenons-nous que les adultes ne sont pas toujours dignes de confiance. Un fait divers récent avait retenu mon attention : deux employées d'une crèche du New Jersey avaient eu l'idée d'organiser des combats de bébés. Une sorte de fight club pour les tout-petits, qu'elles incitaient à se mettre des mandales pour les filmer et les poster sur Snapchat. Il faut reconnaître que cela aurait pu faire un bon programme de télé-réalité. Il faut aussi reconnaître que cela ne renforce pas notre foi en l'être humain.

Mon combat quotidien consistait à canaliser les pulsions agressives de mon fils. « On. Ne. Tape. Pas. » Son instinct de propriété était sacrément développé, son instinct de domination n'était pas en reste. Comment l'élever pour n'en faire ni un bourreau ni une victime ? Pour qu'il devienne un être fort et paisible. Enseigner le pacifisme, très bien. Tendre l'autre joue, bof. Ça excite les prédateurs attirés par la faiblesse des proies. Je n'envisageais pas de placer l'Enfant sous cloche pour lui épargner le tumulte du monde. Pour autant, je n'étais pas convaincu qu'il faille lui parler de la Shoah et de Daech à l'âge où l'on n'est pas bien sûr qu'il saisisse toute la complexité de *Tchoupi fait un tour de manège.*

À l'aire de jeux toujours, deux frères de six et huit ans se chamaillaient. Le grand était par terre, le petit lui assénait des coups de pied dans le dos, de vrais coups de pied, en jubilant. L'autre pleurait.

– Jamel, arrête ça tout de suite ! est intervenue sa mère en lui collant deux grandes gifles pour lui enseigner les bonnes manières.

Il ne lui venait pas à l'idée que ses torgnoles engendraient la brutalité de ses gosses et qu'elle perpétuait le cycle de la violence, maladie contagieuse.

Les racines du mal sont relativement bien identifiées. Les plus grands esprits se sont penchés sur la question au fil des millénaires, on ne manque pas de littérature à ce sujet. Acquisition alimentaire ou sexuelle, défense ou prise de territoire, testostérone et tout ce qui en découle, honneur bafoué et taille de zizi, enrobés de prétextes politiques, ethniques, religieux pour partir au combat en chantant. La guerre, c'est le sentiment d'humiliation sublimé dans l'orgasme de la conquête. On oublie souvent de mentionner ce paramètre plaisir. Ce que nous enseigne la moindre bagarre de rue : l'agresseur se paye en endorphines. Il agresse parce qu'il le peut. Il agresse parce que c'est bon.

Pour discipliner notre violence, il faut tenter de la transformer en matière féconde. C'est la gestion individuelle ou collective de nos chaos intérieurs qui permet d'agencer des sociétés fonctionnelles. L'historien israélien Yuval Noah Harari vend des millions de livres en affirmant, entre autres, que *Sapiens* doit son triomphe non pas à sa force physique mais à sa capacité à coopérer en grand nombre avec ses semblables. Les éléphants sont plus costauds que nous mais ils sont nuls en informatique. C'est le pouvoir du langage et de l'imagination qui nous maintient en haut de la chaîne alimentaire. Nous sommes liés par les dieux, les États, les lois, l'argent : autant de concepts sans réalité matérielle. Ils n'existent que parce que nous choisissons d'y adhérer collectivement. Notre efficacité collaborative s'explique par notre faculté à produire de la fiction. Pour survivre, et se grandir, il faut savoir raconter des histoires. Perspective rassurante quand on est écrivain.

L'Enfant avait fini de bouder suite à mon engueulade. Il était calme et m'interpellait depuis le haut du grand toboggan. Il hésitait à se lancer tout seul. J'ai tendu les bras dans sa direction.

– Viens fils, on va faire un tour à la librairie.

20

De décembre 1940 à avril 1945, Marcel Gibert est prisonnier en Allemagne.

Il n'y a pas de carnet sur cette période que mon grand-père n'évoquait que du bout des lèvres. Sans journal intime à ma disposition, je dois fouiner pour reconstituer. Le travail des historiens et les témoignages d'autres détenus aident à recréer le contexte. Sa fiche militaire, retrouvée aux archives départementales du Rhône, me permet de baliser son parcours. Des lettres envoyées à sa famille me renseignent sur son état d'esprit. Sur la base de ces éléments, on peut raisonnablement affirmer que sa captivité était moins loufoque que dans *Papa Schultz* et moins héroïque que dans *La Grande Évasion*. Papy n'était pas Steve McQueen.

Le caporal-chef Gibert est interné au stalag XIIA, matricule 49097, dans les environs de Limbourg, en Rhénanie. Le camp regroupe des prisonniers français, belges, anglais, polonais et, plus tard, russes et américains. Il se composait de 24 baraques de brique, avec des dortoirs de 150 lits superposés. Une demi-baraque est consacrée à la salle de gymnastique, avec un ring de boxe, un plancher d'escrime, des agrès, un punching-ball. On est loin des camps de concentration, ce n'est pas le Club Med non plus. Le stalag XIIA est l'un des plus importants d'Allemagne. Surpeuplé, il accueillera jusqu'à 18000 hommes dans des conditions notoirement mauvaises. J'ai déniché le témoignage d'un certain Jean-Louis Morvan, matricule 49626, arrivé à Limbourg un jour après mon grand-père. *Les Boches crient, sans pitié ils frappent à coups de crosse les retardataires. [...] On nous engouffre dans des baraques comme des sardines. Tous les lits sont occupés, je m'endors sur le ciment. Nous sommes si serrés que nous ne pouvons changer de côté en dormant. Atmosphère fétide, la baraque est infestée de poux [...]. À l'entrée, un arc de triomphe en haut duquel un gigantesque aigle allemand tient dans ses griffes l'horrible croix gammée. Le camp grouille de Français, en loques, pâles, de cette couleur jaune, caractéristique des prisonniers. La nourriture est affreuse. Le matin, un quart de jus. À midi, une soupe. On y chercherait en vain quelque chose de consistant. [...] Bref, au bout de quelques jours, le corps est exténué.*

Les captifs sont tondus, passés à l'étuve, dépouillés de leurs effets personnels. Ils peuvent toutefois recevoir des colis de leur famille et envoyer du courrier. Sachant cela, je trouverais étrange que mon grand-père n'ait pas tenu de journal. Je suppose qu'il a écrit durant sa détention et que ses notes se sont perdues.

Les prisonniers savent-ils qu'à moins de dix kilomètres de là, à Hadamar, chambre à gaz et four crématoire fonctionnent déjà ? L'hôpital psychiatrique de la ville a été reconverti en centre d'euthanasie appliquant la politique Aktion T4, vouée à l'élimination systématique des « inutiles ». Plus de 10 000 handicapés et malades mentaux y seront assassinés industriellement, dans un prélude à la solution finale.

Le caporal-chef Gibert est « transformé » le 5 octobre 1943. Suite à des accords entre Vichy et le Reich, 210 000 prisonniers, dont mon grand-père, changent de statut. Ils restent en Allemagne et sont considérés comme des travailleurs civils, payés 10 francs par jour (ce qui représente normalement le tarif horaire d'un ouvrier). Marcel est affecté à la gare de triage d'Oberlahnstein am Rhein, dans les faubourgs de Coblence. Cela reste du travail forcé mais le régime est plus souple qu'au stalag. Manutentionnaire au quotidien réglé par le passage des trains, mon grand-père se casse le dos à charger et décharger les marchandises de l'ennemi. Certains convois ne s'arrêtent pas. On lui interdit d'approcher ces wagons, où sont parqués hommes, femmes et enfants se dirigeant vers l'extermination.

Le seul avantage de sa fonction, c'est qu'il peut piquer dans les cartons de nourriture. L'ordinaire s'améliore, malgré les risques encourus. Peu enclins à faire du zèle pour participer à l'effort de guerre allemand, Marcel et ses camarades d'infortune pratiquent le sabotage d'opportunité. Alors qu'ils doivent transporter des caisses de bordeaux qu'un officier de la Wehrmacht envoie chez lui, ils boivent le vin (probablement en affirmant que *c'est toujours ça que les Boches n'auront pas*). Les bouteilles éclusées, ils urinent dedans. Les rebouchent. Et les expédient.

C'est une des seules anecdotes qu'il lui arrivait de raconter à la fin des repas de famille, en concluant sur un soupir. « C'était des grands crus et on devait les boire au goulot, un vrai gâchis. » Il ne s'autorisait, la plupart du temps, que ces souvenirs légers. Je sais qu'il a tenté de s'évader, sans succès. Quand j'essayais d'en savoir plus, il éludait. Aucune envie de remuer son bourbier.

Fin 1944, les Alliés pilonnent l'Allemagne en déroute, Oberlahnstein est presque entièrement détruite par les raids de la Royal Air Force. La gare, emplacement stratégique, n'est pas épargnée. Mon grand-père se trouve de nouveau sous les bombes mais il n'est plus le même homme qu'en 1940. La tonalité de ses lettres a changé. Quand les alertes se déclenchent, que tout le monde court aux abris, il ne se protège plus. Pour le dire en langage contemporain, il n'en a plus rien à foutre. Son âme est ébréchée. Elle barbote dans une amertume résignée, sans toutefois s'y noyer complètement. C'est ainsi que j'interprète sa lettre à son frère Jean datée du 15 décembre 1944.

Cher Jeannot,

À la maison, ils doivent se faire bien du mauvais sang quand ils entendent les informations. Ils se frappent certainement plus que moi.

Certains ne vivent pour ainsi dire plus, ils sont comme des bêtes traquées, dès qu'ils entendent une sirène ils sont perdus. Pour mon compte, je ne me frappe pas trop et je ne veux pas me faire mourir à petit feu. J'ai peut-être tort mais je compte encore sur ma chance et j'ai foi en mon étoile pour m'en sortir encore une fois et revoir bientôt Cours et la maison que je n'ai pas vus depuis 5 ans. C'est long. [...]

On est fatigué de répéter « espoir, espoir » et on devient fataliste, je-m'en-foutiste. Je me demande bien surtout quelle impression nous allons faire en rentrant. J'ai peur parfois que ce soit une déception pour ceux qui nous attendent avec impatience car notre séjour ici ne nous a pas rendus meilleurs, loin de là.

Enfin, nous verrons bien.

Oberlahnstein est libérée par les Américains au printemps. Mon grand-père est rapatrié. L'histoire qui suit, je la tiens de son fils, mon oncle. Sur le chemin qui le ramène vers la France, Marcel aperçoit une vieillarde secouée de sanglots sur le quai d'une gare. Il s'approche d'elle et tente de la réconforter :

– Ne pleurez plus madame, la guerre est terminée. Nous allons retrouver nos familles. Vous allez revoir vos enfants, vos petits-enfants.

La femme lui répond :
– Mais monsieur, j'ai vingt ans.
Elle revenait d'Auschwitz.
Celle-là, il ne la racontait pas à table.

Marcel revient chez lui le 21 avril 1945. Sa mère ne l'a pas vu depuis Noël 1939. Comment l'embrasse-t-elle ? Je ne peux qu'imaginer et je ne les imagine pas dans l'effusion. On sait se tenir, c'est la dignité des petites gens honnêtes. On ne fait pas dans la complainte. C'était dur pour tout le monde, pas la peine de déballer ses petits malheurs. On ouvre une bouteille de beaujolais. Marcel s'excuse pour son absence. Après un bon repas chaud, il se couche dans la chambre de son enfance et ferme les yeux en murmurant *voilà c'est fini maintenant.*

Mais le lendemain ?

Le lendemain, il faut se réadapter à la banalité du quotidien alors qu'on est en mode survie depuis tant d'années. Il faut fréquenter des gens qui ne comprendront jamais ce que vous avez vécu car ils ne l'ont pas vécu. Le regard de la société n'est pas forcément accueillant. Après guerre, les résistants sont des héros, les collabos des salauds, les déportés des victimes. Les prisonniers de guerre n'ont que peu d'espace de parole et se heurtent souvent à l'indifférence, voire à la suspicion. S'ils étaient prisonniers, c'est qu'ils ne se sont pas bien battus, n'est-ce pas ? En 1949 sort *La Peau et les Os*, grand roman de la captivité de Georges Hyvernaud. Ça n'intéresse à peu près personne, la France n'a pas envie d'entendre ces histoires de défaite et Hyvernaud cesse d'écrire peu après.

Marcel a vingt-neuf ans à son retour. Depuis l'âge de onze ans, il a connu le pensionnat, la conscription, le bataillon et le stalag. Une succession de vies communautaires masculines au sein d'institutions castratrices. « Je n'ai pas eu de jeunesse », résumait-il sobrement. Il n'a jamais eu l'occasion d'aller danser au bal avec une jouvencelle. Une pensée triviale et terrifiante me traverse : et s'il était puceau ? Je n'en sais rien, évidemment. Ses compagnons de régiment devaient bien aller aux putes de temps en temps. Marcel, catholique sincère et pudique, les suivait-il ? Je l'espère. Ce serait d'une tristesse totale d'avoir connu toute la laideur des hommes sans rien savoir de la chaleur des femmes.

« J'ai changé », dit-il à son frère Pierre, peu après son retour. Traduction : il ne veut plus devenir prêtre. Après ce qu'il a vu de l'humanité, il a sûrement perdu l'espoir de la sauver.

Ou peut-être estime-t-il qu'il a assez souffert et qu'il mérite sa part de bonheur. Il ne renie pas sa religion, car il lui doit son salut. « Si je n'avais pas été catholique, je me serais suicidé », confiera-t-il plus tard dans l'un de ses rares moments d'épanchement. Il choisit de garder son Dieu pour lui. Et il se souvient de sa promesse d'aller remercier la Vierge s'il s'en sortait vivant.

Dès l'été 1945, il effectue un pèlerinage à Lourdes. Dans le train, il rencontre Monique Chattelard, une fille de Bourg-de-Thizy, le village d'à côté. Elle a onze ans de moins que lui, elle est mignonne, innocente, d'un naturel joyeux. Il existe un film de leur mariage, vingt secondes muettes et striées volées à l'année 1947. À la sortie de l'église, elle a l'air radieuse et un peu tarte. Lui porte un nœud papillon, des lunettes rondes et un costume noir dans lequel il flotte (il n'a pas bien mangé les années précédentes). Il est déjà à moitié chauve. Raide. On comprend qu'il n'a pas encore tout à fait réappris à sourire. Il peut néanmoins bâtir une nouvelle vie et ma mère naît l'année suivante.

21

Les deux mamies antillaises tirées à quatre épingles tenaient le pavé au pied de mon immeuble comme tous les dimanches matin. Derrière leur petit stand, elles proposaient un journal dont le titre garantissait

Un monde sans souffrance

Voilà qui tombait rudement bien, je n'aimais pas avoir mal. La recette magique m'attendait en bas de chez moi, j'avais beaucoup de chance. En plus, c'était gratuit. Et très simple de surcroît – comme d'obtenir des abdos d'acier en deux semaines ou de faire disparaître les rides grâce à une crème anti-âge. La fin de la souffrance était une « promesse certaine », il suffisait de s'abonner aux Témoins de Jéhovah.

L'offre religieuse était pléthorique dans le quartier. Il fallait bien se réfugier quelque part, dans la chaleur d'une communauté, pour affronter cette époque déroutante. Dieu recrutait large avec son grand entonnoir à frustrations.

Nous avions de grands édifices catholiques peu fréquentés. Une église orthodoxe, à l'architecture néogothique russe, porche en boiseries sculptées et icônes dorées, se nichait dans une arrière-cour invisible depuis la rue. Le temple tamoul de la Chapelle était le point de départ, chaque été, d'un grand défilé en l'honneur de Ganesh, la plus cool des divinités hindoues. Des synagogues séfarades et ashkénazes se retranchaient derrière des barrières de sécurité et des caméras de vidéosurveillance auxquelles s'ajoutaient des militaires en faction lors des montées de tension au Proche-Orient. Dans le bas Belleville, une mosquée noyautée par des islamistes alimentait, de temps en temps, une filière djihadiste.

Tous, ils proposaient un monde sans souffrance à plus ou moins long terme. Il suffisait juste de souffrir avant d'y accéder.

Je ne niais pas l'importance de la religion, je me souvenais que je devais mon existence aux hallucinations de Bernadette Soubirous. Mes grands-parents étaient catholiques et mes parents athées. N'ayant pas eu à endurer une éducation religieuse, je me contentais d'être agnostique. C'était la seule position tenable : il est tout aussi impossible de prouver l'existence de Dieu que son inexistence. Je ne me sentais pas assez mégalomane pour me prononcer sur la question.

L'Enfant ne se souciait pas de l'au-delà. Il vivait dans un présent permanent, ne connaissait ni le mot *hier* ni le mot *demain* et ne se demandait pas pourquoi il y avait quelque chose plutôt que rien. L'Enfant était animiste. Il ne distinguait pas encore l'esprit de la matière. Il s'adressait aux objets comme aux personnes, saluait les animaux comme les concepts. *Coucou voiture. Au revoir crèche. Coucou bleu.* Dans son bain, il disait bonjour à sa bite – l'éducation à la politesse portait ses fruits – fièrement dressée sous l'effet de l'eau chaude. Il vouait un culte à la machine à laver. Dans une approche mêlant la crainte et la fascination, il s'installait devant le tambour en marche et le regardait tournoyer pendant de longues minutes durant lesquelles je pouvais, enfin, lire un article ou fumer une cigarette.

L'animisme est un trait commun aux *Homo sapiens* balbutiants. Nos ancêtres nomades se fondaient dans un monde de divinités, un esprit en chaque pierre, derrière la brise du vent, sous les racines des arbres. Au temps de la sédentarisation et de l'agriculture, on avait construit des villes avec des structures complexes et hiérarchisées avant d'inventer le monothéisme, réplique spirituelle de l'organisation sociale (un seul chef, souvent poilu, un tribun qui interprète ses commandements, les autres, soyez gentils d'obéir).

J'ai amené mon fils au café en haut de la rue pour qu'il s'adonne à sa liturgie dominicale : faire des offrandes aux poissons de l'aquarium. Mais le bocal avait disparu. Abdel m'a expliqué que l'établissement venait de changer de propriétaire. Le nouveau patron suivait une ligne implacablement végane et antispéciste. En conséquence, on avait supprimé l'aquarium pour ne pas exploiter les poissons. Mon fils était déçu.

L'Enfant portait peu de crédit aux théories vegan. Il donnait libre cours à sa nature carnivore et appliquait même une stricte politique du zéro légume. La veille encore, nous avions eu cette conversation lors du dîner :

– Essaye de manger tes petits pois.

– Non.

– Goûtes-en au moins un.

– Non.

– Mais c'est très bon pour grandir.
– Non. Je. Veux. Du. Saucisson.

L'essor du véganisme, à ce moment précis, n'était pas anodin. Les hommes sont décidément trop bêtes, autant sauver les animaux. Le terrorisme, on est contre, mais c'est trop compliqué, alors on se rabat sur d'autres sujets. Si nous sommes largement débarrassés de notre héritage religieux, un besoin de transcendance persistant nous incite toutefois à nous emparer de causes supérieures. Certains dérivent leur angoisse vers la protection animale, d'autres optent pour la lutte anti-vaccins, la révolution néoféministe, le soutien au Paris Saint-Germain ou l'indémodable conflit israélo-palestinien ; chacun choisit sa boutique en fonction de ses inclinations pour diluer sa colère dans l'engagement. Les causes, quel que soit leur éventuel bien-fondé, sont largement gâchées par la radicalité des grandes gueules qui monopolisent le terrain. Les plus exaltés se jettent dans leur croisade avec la foi des nouveaux convertis, suivant les schémas de développement personnel propres aux born-again monothéistes. Ils ont reçu l'appel et s'épanouissent dans le prosélytisme. La croyance montre la voie, simplifie les visions, permet d'interpréter le monde à travers le prisme d'une seule obsession. C'est en général sincère, parfois utile, souvent intolérant. *Fromage = meurtre*, clamait un slogan griffonné sur la vitrine de la crémerie. Les acharnés se désignent des ennemis, s'offrent un petit réconfort narcissique à peu de frais en œuvrant pour leur conception du Bien. L'empathie est piégée. Il ne faut pas grand-chose pour que la meilleure part de nous bascule vers le pire, c'est toujours pour sauver le monde qu'on sombre dans le fanatisme. La barbarie prend sa source dans la compassion, avant de la rejeter. Le nazi veut protéger ses copains de la race blanche, le djihadiste venger ses frères opprimés. C'est parce qu'il est triste pour eux qu'il décapite des innocents. Tout ça, c'est la faute aux neurones miroirs.

En relisant attentivement les paragraphes précédents, on constatera que j'ai frôlé le point Godwin en tentant de promouvoir le principe de modération. J'ai sombré dans la généralisation hâtive et j'ai opéré des parallèles insidieux. C'est moche. Car, de toute évidence, nombreux sont les points de divergence entre les végans et les nazis.

Que s'est-il passé ? Je viens de céder à ce travers bien humain consistant à focaliser son attention sur les extrêmes. Ce biais cognitif, tapi dans nos synapses, est impeccablement exploité par les machines. Les algorithmes façonnent les débats et encouragent la baston en flattant notre intelligence superficielle. Oublions *Terminator* et *2001*, les ordinateurs ne vont pas nous tuer. Ils nous poussent discrètement vers la folie et l'autodestruction.

Mon fils soufflait dans sa paille pour faire des bulles avec sa grenadine, je lui expliquais que les humains étaient des animaux qui se prenaient pour des dieux et finissaient par se faire botter le cul par des robots. Il ne m'écoutait pas, trop occupé à tapoter sur mon smartphone dont il venait de découvrir l'assistance vocale.

– Que puis-je faire pour vous ? interrogeait le génie artificiel quand on appuyait sur le bouton d'accueil.

L'Enfant explosait de rire et demandait :

– Mais t'es qui toi ?

– Je suis votre humble serviteur, répondait hypocritement la machine.

J'ai attrapé le téléphone pour lui poser à mon tour la question qui me taraudait :

– Un monde sans souffrance est-il possible ?

Il n'a rien su me dire d'autre que :

– Je suis désolé.

22

L'Enfant courait sur les pelouses du parc, les bras écartés pour imiter l'avion, en poussant de grands « meuh ». S'il refusait toujours de dire le mot *vache*, son vocabulaire s'était considérablement enrichi en quelques semaines. Il répétait tout. Il persistait à prononcer hibou « abou » mais articulait « kangourou » les doigts dans le nez (essayez, ce n'est pas si facile). D'ailleurs, il connaissait *nez, tête, cou* ; il nommait les parties de son corps. Il comptait jusqu'à *quatre*, même s'il oubliait le *trois*. Il avait saisi la nuance entre *pattes* et *pâtes*. Il répondait volontiers « parsi » (*merci*, en VF) quand on lui donnait une compote. Il balbutiait « à ce soir » quand on le déposait à la crèche. Il concevait le futur. Fini le temps du présent éternel.

Son mot favori restait *bus*. Curieusement, mon fils parisien parlait avec l'accent marseillais. Il prononçait « zébreuh » pour zèbre et « luneuh » pour lune. Il y avait des bugs inexpliqués chez cet enfant qui disait « maman » avec l'accent stéphanois et « body » en pakistanais. Mon petit citoyen du monde.

Le soleil brillait, l'herbe était douce, l'Enfant cueillait des pâquerettes pendant que les adultes buvaient du mauvais rosé dans des gobelets. Juillet, on pique-nique. Les discussions filaient sur les dernières sensations musicales, sur les ragots du moment, sur cette finale de l'Euro perdue contre le Portugal (en mesure de rétorsion, j'avais songé à priver la concierge de ses étrennes – ce qui était complètement con car elle est comorienne). Nous avons débattu de la pertinence d'une troisième saison de *Twin Peaks*, de la FIV d'une amie (c'était de plus en plus compliqué de tomber enceinte) et de la disparition des abeilles. L'Enfant a tendu son bouquet de pâquerettes à sa mère, comme je lui avais appris à le faire, et il est reparti sur sa trottinette. J'étais avec ma tribu, au calme, le taboulé avait pris chaud, le soir approchait et une petite voix répétait dans ma tête *c'est quand même étrange qu'on n'en parle pas*. Les bouteilles ont été vidées, les nappes repliées, les bises échangées et non, on n'en avait pas parlé, pas parlé de la boucherie du 14 juillet et des gamins sous les roues du camion. On choisissait le silence, le papotage de diversion.

Ce n'était pas de l'indifférence. Simplement, l'horreur était intégrée. On se levait le matin en se demandant quelle ville, quel pays avaient été visés. Alors ça a tapé où aujourd'hui ? La routine terroriste s'était installée. Des gouvernements européens demandaient à leurs citoyens de stocker de l'eau et des vivres. Un député français souhaitait imposer l'apprentissage des arts martiaux à l'école. On égorgeait des flics et des curés. On annulait des festivals et on barricadait la tour Eiffel. L'espace médiatique était saturé de violence, l'espace amical nous permettait de l'esquiver. C'était là, de toute façon.

Un journaliste d'une chaîne d'information continue m'avait détaillé, sur le ton de la lassitude, les nouvelles figures obligées de son travail, les motifs narratifs établis pour relater les attentats : la course au *que s'est-il passé*, les témoignages choqués, suivis de la partie polar, l'identification des victimes, celle des assaillants, la course-poursuite. Le terrorisme était devenu du fait divers, avec la distanciation que cela impliquait. Un élément de normalité, un bruit de fond sinistre.

Le magma de l'émotion collective se déplaçait suivant un schéma balisé. Stupeur, larmes, union, colère, tristesse, polémiques et désunion. La première déflagration avait engendré un soulèvement général. L'étape initiale de sidération était désormais supprimée. On ajustait nos comportements. Nous étions toujours ébranlés, mais plus étonnés.

Message de sécurité entendu à Roissy la semaine suivante : *Pour des raisons de sécurité, la personne ayant laissé un sac noir en salle d'embarquement 24 est priée de venir le récupérer.*

C'était ma salle d'embarquement. Je m'attendais à un début de panique, personne n'a bronché. Pas un frisson dans l'assemblée. C'était juste un sac, cerné par beaucoup de fatalisme.

Une révolution intime avait eu lieu en chacun de nous. Peu de choses avaient changé en surface mais un nouvel ennemi intérieur, l'habitude, s'était insinué dans nos méandres. On n'organisait plus de grandes manifestations populaires après les carnages. Ce n'était peut-être pas uniquement une mauvaise nouvelle. Un attentat étant un acte de communication, sa réussite se mesure au niveau de réaction. La répétition terroriste lui faisait perdre de son impact.

L'Enfant filait sur sa trottinette, le sourire de la plénitude aux lèvres. Il avait pris confiance, découvrait les pouvoirs de son corps capable de courir, sauter, rouler. Il accélérait, ses rares cheveux flottaient au vent, il a enlevé une main du guidon pour faire coucou. *Papa, regarde comme j'assure.*

– Regarde bien devant toi, fils.

Contrairement aux autres enfants, il ne portait pas de casque. Nous avions opéré ce choix par défaut, qui lui coûterait éventuellement une ou deux dents, pour ne pas céder à la tentation de la surprotection. J'avais survécu à une enfance sans casque. Il faut apprendre à tomber pour apprendre à ne plus tomber. Mieux valait s'infliger une petite dose de stress plutôt que de lui imposer une camisole qui n'apportait qu'une illusion de sécurité.

La trottinette a fait une embardée, le gamin s'est pris un gadin. Une petite goutte de sang perlait sur le genou écorché. L'Enfant a levé les yeux vers moi pour déceler à l'expression de mon visage la gravité de sa situation.

– C'est pas grave mon chéri.

J'ai embrassé le genou.

Il est remonté sur la trottinette.

Mon petit,

Je t'envoie cette carte postale de Téhéran, Iran. Ce pays a une réputation épouvantable, on l'évoque toujours avec des rumeurs de guerre, et il est vrai que ses dirigeants pratiquent une forme de dictature religieuse tout aussi grotesque qu'efficace. Tous les gens que j'ai rencontrés ici se sont pourtant montrés prévenants, généreux et fraternels, comme nulle part ailleurs. La preuve qu'il faut aller voir le monde par soi-même pour le comprendre et l'aimer.

دوست دارم

Papa

P.-S. : La tour que tu vois au dos de cette carte est encore plus haute que la tour Eiffel.

23

Faire le tour du monde m'avait permis de faire le tour de la France. J'étais invité à partager mes expériences de bourlingueur aux six coins de l'Hexagone, dans des salons du livre, des festivals et autres fêtes de la saucisse. J'allais à Verdun pour raconter la Micronésie, à Orléans pour parler de l'Arctique, j'avais sillonné les Cévennes et la Seine-et-Marne, les médiathèques des Ardennes n'avaient plus de secret pour moi.

Je ne faisais pas à proprement parler partie de l'élite intellectuelle de ce pays – j'avais serré la main de Philippe Sollers en 2008, je ne sais pas si ça compte – mais on me posait des questions existentielles auxquelles je répondais parce que je suis poli.

– Savez-vous à quoi servent les écrivains ? me demandaient parfois des journalistes.

Certains jours, j'étais tenté d'affirmer qu'ils étaient l'indispensable rempart contre l'obscurantisme, le refuge de la complexité contre les manichéismes triomphants, les résistants du sens à l'ère du fugace. D'autres jours, j'avais envie de répondre : à rien.

Être auteur ne m'empêchait pas de raconter des conneries. Mon frère m'a rappelé une phrase issue de mon texte pour le recueil *Nous sommes Charlie* : « Vous savez bien que vous ne mourrez pas dans un attentat. » Je la regrettais un peu, celle-là. Il est possible que des gens ayant lu cette phrase soient tombés au Bataclan. J'ai un peu culpabilisé, puis j'ai culpabilisé de culpabiliser en ramenant un drame national à ma petite personne bien portante.

J'avais fini par me lasser des salons du livre mais j'acceptais toujours volontiers les invitations dans les établissements scolaires, où de valeureux professeurs de français tentaient de raccommoder le lien entre les élèves et la lecture. La tournée des collèges et lycées, des quartiers chics de Paris à l'outre-mer en passant par les provinces et les banlieues, m'offrait un large panorama sur la jeunesse française. Les adolescents étaient surpris de voir débarquer un romancier âgé de moins de cent ans, ils n'étaient pas familiarisés avec le concept d'écrivain vivant. J'avais affaire à un public écœuré par les programmes scolaires, je les comprenais, comment voulez-vous recevoir Chateaubriand à seize ans, il ne faisait pas le poids contre YouTube, c'était le meilleur moyen de les détourner de la littérature. Je faisais le boulot en expliquant que, bien sûr, Flaubert et consorts étaient hermétiques à première vue, que leur monde et leur langage n'existaient plus, mais que les classiques n'étaient pas des classiques pour rien, ils dissimulaient des trésors intemporels, rouvrez-les dans quelques années et vous serez plus riches.

S'ils n'étaient pas passionnés par la littérature, les questions de vocabulaire tourmentaient les élèves. À Nantes, à Saint-Pierre-et-Miquelon ou à Stains, ils étaient préoccupés par ce qu'on avait le droit de dire ou pas. Le visage de la France avait changé depuis mon propre passage au lycée. L'accroissement de la diversité des origines était à la fois une ouverture et une source de confusion. Alors que j'expliquais qu'au Groenland on préférait utiliser le terme d'*Inuit* à celui d'*Esquimau*, aujourd'hui considéré comme péjoratif, j'ai vu une main se lever et une 1re L m'a demandé :

– Monsieur, ça veut dire qu'on va en prison si on dit « Esquimau » ?

Une fois les questions littéraires évacuées, les discussions tournaient autour du voyage. La planète intéressait les adolescents et l'idée de la parcourir les faisait rêver. Cela me donnait l'impression, pour une fois, de servir à quelque chose en arrosant la graine de la curiosité dans des cerveaux en formation. Ils n'étaient pas débiles, ces natifs digitaux, ils avaient juste un peu de mal à organiser le trop-plein d'informations. Ils avaient accès à tout, tout de suite. À leur âge, si je voulais regarder le clip de *Smells like teen spirit*, il fallait attendre qu'il passe à la télé, on ne savait pas trop quand. Quand ils veulent *téma le dernier son de Maître Gims*, ils le téma (zut, je ne suis pas catégorique quant à la forme idoine du verbe *mater* en verlan à la troisième personne du pluriel au présent de l'indicatif). Une panne de wifi pour eux équivaut à une panne d'électricité pour nous. Ça les rend vulnérables au manque. En même temps, ils grandissent avec l'idée que des tarés peuvent débarquer à tout moment pour massacrer au hasard. À ce compte-là, autant écouter Maître Gims tout de suite, quitte à faire saigner les oreilles de leur entourage.

À la fin de mes interventions, les élèves, amadoués, passaient du coq à l'âne. Ils voulaient savoir ce que je pensais de *Charlie Hebdo* (on ne tue pas des gens pour des dessins), demandaient combien je gagnais (moins qu'un trader) et s'ils pouvaient faire des selfies avec moi (oui). Après la sonnerie, souvent, l'un ou l'une d'entre eux venait me voir discrètement pour m'avouer qu'il ou elle écrivait un livre dans son coin. Et dans chaque classe, deux ou trois filles – toujours des filles – passaient plus de temps avec les livres que sur les réseaux sociaux (nous devons remercier *Harry Potter* pour cela). Tout n'était pas perdu.

Je méditais sur l'utilité de l'auteur en l'an 12 après Zuckerberg dans un TGV qui me ramenait d'Albertville à 307 km/h. À quoi je sers ? Apparemment ma fonction dans la société, c'est étrange, consiste à raconter ma vie et celles des autres pour faire résonner une corde chez celui qui veut bien me lire. Voilà mon unique compétence, filtrer le réel et poser des mots dessus. Ce n'était pas grand-chose, c'était déjà ça.

Bercé par le ronron de l'air conditionné, je me suis ensuite abandonné à une rêverie morbide et héroïque. Un terroriste attaquait le wagon, je le neutralisais, en sauvant des enfants au passage. Des enfants musulmans, si possible, pour obtenir une belle histoire de réconciliation. Mais personne n'attaquait le wagon et je n'étais pas un héros.

Le TGV a ralenti aux alentours de Mâcon avant de s'immobiliser en rase campagne.

La contrôleuse est venue nous informer de la situation en mentionnant un « accident de personne ».

– Ça veut dire qu'y en a un qui s'est foutu en l'air ? a grogné ma voisine.

– Oui, mais j'ai pas le droit de vous le dire comme ça.

L'ambiguïté de la tournure m'a plongé dans les doux abîmes de la sémantique. Un *accident de personne*, cela peut aussi signifier que *personne* n'a eu d'*accident*. La même phrase vaut : a. un mort, b. zéro mort.

Depuis les haut-parleurs, la voix d'un conducteur qui avait sans doute étudié les effets performatifs du langage a annoncé :

– Le retard estimé n'est pas encore estimé.

La novlangue de l'entreprise venait de franchir plusieurs caps d'un coup pour basculer dans la poésie dada. Le retard estimé n'était pas estimé. On atterrissait dans le champ de l'expérimentation littéraire, on frôlait le génie, j'avais envie de serrer dans mes bras le responsable de la conformité linguistique de la SNCF.

Dans le wagon, les réactions restaient mesurées. Quelques soupirs résignés. Personne ne blâmait la contrôleuse, le service public ou le complot judéo-maçonnique. Le fauteuil 35, au téléphone :

– Qu'est-ce que tu veux faire ? Y a un connard qui s'est jeté sous un train, faut nettoyer, remettre les choses en état de marche, ils font ce qu'ils peuvent.

Il était sévère de parler ainsi de quelqu'un qui venait de mourir, il fallait toutefois reconnaître que ce gros bâtard avait bloqué la moitié des trains de France, bousillant ainsi la journée de quelques milliers de personnes. En ce qui me concernait, les dommages collatéraux resteraient minimes. Je rentrerais chez moi à 2 heures du matin au lieu de 20 h 49, je ne pourrais pas embrasser mon fils, ni faire l'amour avec ma femme – perspective qui pourtant me réjouissait. J'avais même commencé à la chauffer par SMS, bref, nous étions déçus mais on s'en remettrait, dès le lendemain. Mon voisin de wagon qui allait rater son avion pour le Brésil était plus chagriné. Un autre allait peut-être manquer l'enterrement de sa grand-mère. Conséquences en cascade. Quelqu'un pouvait même mourir à cause d'un homme qui a voulu mourir.

Notre suicidé avait sûrement de bonnes raisons d'en finir. Était-il toutefois nécessaire de contrarier un maximum de gens au passage ? Était-ce prémédité ? Partir en faisant un bras d'honneur à l'humanité en général et aux usagers de la SNCF en particulier. Ou, tout simplement, plus rien à foutre, après moi le déluge et les trains en retard. Dans les deux cas, rancune ou égoïsme, ce n'était pas très glorieux.

Oui, mais il devait être très malheureux.

Oui, mais était-ce la faute du mec qui allait rater son avion pour le Brésil ? (Il était envisageable que ce soit sa faute, cela aurait toutefois été une coïncidence improbable. À moins que le suicidé ait choisi ce jour et cette ligne-là justement pour nuire au type qui partait au Brésil et était responsable de son malheur.) Au moins avait-il eu la délicatesse de ne pas trucider quarante personnes avant d'achever son passage sur terre.

Autant de questions sur lesquelles je ne comptais pas enquêter plus avant, car j'avais une vie à mener et elle était trop courte pour l'écourter ou perdre son temps en conjectures moyennement pertinentes sur le destin d'un inconnu. Repose en paix, toi qui as choisi d'arriver en avance de l'autre côté.

24

Le jour où mon grand-père m'a tendu son journal de guerre, l'air de rien, trop gêné pour me regarder dans les yeux, je n'ai pas tout de suite compris la réelle valeur de son geste. Avant d'arriver entre mes mains, ce carnet l'avait accompagné dans la boue, sous les sirènes des stukas, dans les fourrés où il cavalait entre les balles. Quand il errait désarmé sur le champ de bataille, quand il ne portait rien d'autre que des haillons, il veillait à conserver son petit tas de notes. Le carnet avait survécu à l'embarquement catastrophe de Veules-les-Roses, avec de *l'eau jusqu'au ventre*. Il était resté collé contre son corps, dissimulé, dans le train vers l'Allemagne, puis au stalag, dans le dénuement de ses cinq années de captivité.

Marcel était rentré de la guerre avec ça : sa peau, ses os, son carnet.

De retour au bercail, il l'avait placé dans un tiroir, sans jamais le perdre au fil de ses déménagements. Son cauchemar à portée de main, dans la table de chevet, pendant un demi-siècle. L'ouvrait-il de temps à autre ? L'a-t-il seulement relu avant de me le donner ?

La paix revenue, Marcel Gibert travaille un temps au secrétariat social de l'évêché de Saint-Étienne, puis il entre à *La Dépêche*. Il sera journaliste pendant une trentaine d'années, travaillant de nuit à l'édition pour *L'Espoir*, *La Tribune*, *Le Dauphiné libéré* et *Le Progrès* au gré des mouvements de la presse quotidienne régionale. Avec Monique, il mène la vie normale des classes moyennes des Trente Glorieuses. On fait des enfants, une, deux, trois (un garçon, enfin), quatre, on achète une petite maison pavillonnaire avec un bout de jardin, on y installe un frigo et une télé, les voisins se pressent dans le salon pour admirer cette nouveauté. On part en vacances en Panhard Dyna sur la Côte d'Azur, en Italie ou en Espagne. On frémit en mai 1968. Marcel, l'intellectuel de la famille, enseigne les racines gréco-latines des mots à ses enfants, les incite à s'intéresser à l'actualité internationale plutôt qu'à *Salut les copains.* Il râle contre ces Beatles aux cheveux longs punaisés dans la chambre des filles, qui deviennent des femmes et ne tardent pas à épouser l'une un coiffeur, l'autre un gauchiste. Enfin, on a des petits soucis mais plus de drames. Le temps passe, la retraite arrive et, la minute d'après, on se retrouve à tenir la main de son petit-fils au stade Geoffroy-Guichard, Saint-Étienne 2 – Auxerre 0.

Mes souvenirs de ce grand-père sont des souvenirs de vacances. Que voient mes yeux d'enfant ? Un homme aimable, qui ne parlait pas pour ne rien dire, dont la réserve tranchait avec la joie primesautière de ma grand-mère. Quelqu'un de sérieux sans être sinistre. Qui aimait chanter avec son épouse à la chorale. Qui savait rire, mais pas trop fort. Un vieux monsieur chauve qui plantait des carottes dans son jardinet et remplissait des grilles de mots croisés dans son fauteuil à bascule. Qui lisait, calmement.

Une grande colère affleurait sous la retenue, bien sûr, même un enfant pouvait s'en rendre compte. Colère qui s'exprimait au volant de sa Citroën BX *et pourquoi il met pas son clignotant cet imbécile* ou devant le foot à la télé. Il prenait un joueur en grippe et l'injuriait pendant quatre-vingt-dix minutes *et ce con de Ginola, il aurait pas pu le garder, le ballon*. Il grognait à chaque fois que François Mitterrand apparaissait à l'écran – il avait du mal à digérer que la présidence de la République soit occupée par un homme décoré par Pétain. Il n'adorait pas les gaullistes pour autant car il se méfiait des élans patriotiques comme de la posture bonapartiste. Une vieille réticence vis-à-vis des militaires, ces professionnels de la guerre qui avaient envoyé sa génération au casse-pipe. Son penchant, c'était la démocratie chrétienne, Lecanuet, le choix de la pondération pour quelqu'un qui avait connu les extrêmes. Le choix de la construction de l'Europe et de la réconciliation franco-allemande. Celui de la paix.

Les Trente Glorieuses sont terminées depuis longtemps quand je vais réviser mon bac chez mes grands-parents. Dans les années 1990, Saint-Étienne n'est pas exactement ce qu'on appelle une ville riante. Le pavillon de mes grands-parents se situe à deux pas d'un ensemble HLM dégueulasse, une catastrophe urbaine et sociale où se sont entassées des familles maghrébines venues travailler à l'usine; et l'usine a fermé. La délinquance se porte bien dans le quartier. La maison cambriolée, les voitures cramées dans la rue, la jolie petite voisine harcelée, les honnêtes citoyens qui se font tirer dessus. Ma grand-mère qui a peur d'aller faire ses courses après s'être fait agresser, deux fois. Mon grand-père ciblé par les jets de pierres alors qu'il plantait ses carottes dans son bout de jardin. Une fin de vie gâchée par des gamins racistes qui exercent leur violence sur tous ceux qui ne leur ressemblent pas, avec leur pouvoir de nuisance comme seule compensation au fait de ne se sentir ni d'ici ni d'ailleurs. Il faut s'imaginer la frustration d'un homme qui a survécu aux panzers et qui, dans l'impuissance du grand âge, doit subir l'hostilité de racailles adolescentes. Dans ce lotissement périurbain peuplé de Français franchouillards et de Polonais de la seconde génération, le Front national récolte le plein de voix. Pas celle de mon grand-père. Les fachos, c'est bon, il avait connu.

Au tournant du siècle, sentant sa fin approcher, il a sorti son carnet du tiroir et me l'a remis. J'ignorais que c'était la dernière fois que je le voyais, lui s'en doutait sûrement. Je vivais à l'étranger, je n'ai pas pu en parler avec lui de vive voix. De toute manière, il aurait sûrement esquivé la conversation. Alors je lui ai écrit une lettre. Ça me semblait être la moindre des choses. Il m'avait transmis un trésor, il fallait que j'accuse réception. L'exercice était complexe. Comment exprimer ses sentiments à quelqu'un qui ne montre pas les siens ? Je me suis lancé dans une missive de quatre pages qui, en substance, pouvait se résumer à *Cher papy, je m'amuse bien en Angleterre même s'il pleut souvent, et au fait j'ai lu ton journal, j'ai été bouleversé par ton courage et ton absence de haine, merci pour ces leçons de vie, je suis fier de toi.* Quatre pages qui voulaient dire *je t'aime* sans le dire.

Il a reçu le courrier. Le téléphone a sonné. « Ton grand-père veut te parler. »

Je n'ai pas reconnu sa voix, qui avait déjà des inflexions d'outre-tombe.

Il a juste réussi à me remercier. À me dire que j'avais compris.

« Il a pleuré en lisant ta lettre, ça lui a fait du bien », m'a rapporté ma grand-mère le jour de l'enterrement.

C'était une simple lettre. Elle m'avait montré le pouvoir des mots choisis. J'écrivais mon premier roman l'année suivante.

Il me restait néanmoins un goût d'inachevé dans la relation que j'avais à mon aïeul. Toutes ces questions que j'aurais aimé, que j'aurais dû lui poser pour éclaircir les passages de son journal rendus sibyllins par son maniement de l'ellipse et de la litote, paravents de sa pudeur. Surtout, j'avais du mal à associer l'homme que j'avais connu et celui que je lisais. Mon grand-père ne ressemblait pas au jeune homme qu'il était. Pas la même personne. J'aurais été incapable de le reconnaître si on m'avait fait lire son carnet à l'aveugle. Est-ce qu'on change autant que ça au cours d'une vie ?

Il me manquait des pièces pour retracer le chemin psychologique de Marcel Gibert. J'ai pris un train pour Lyon afin de rencontrer Pierre Gibert, son plus jeune frère. Quartier de la Part-Dieu, une rue anonyme, une résidence quelconque des années 1970, un petit appartement où vit un couple de personnes âgées. Une porte qui s'ouvre sur mon grand-oncle, quatre-vingt-treize ans, fatigué mais debout, vif intellectuellement, dur d'oreille, regard franc. Ce monsieur, je ne l'avais croisé que deux fois dans ma vie, brièvement, il y a longtemps, je ne lui avais pour ainsi dire jamais parlé. Je connaissais un peu son parcours, celui d'un prêtre de gauche, tendance PSU, qui avait eu le courage de quitter le sacerdoce par amour et par divergence idéologique avec une Église en laquelle il ne reconnaissait plus le message du Christ. J'avais oublié sa ressemblance physique, troublante, avec mon grand-père. Autre point commun, dans lequel j'ai reconnu un trait familial, il a commencé par s'excuser.

– Désolé, je ne vais pas pouvoir t'apprendre grand-chose sur Marcel. Je ne l'ai pas si bien connu que ça.

Quelques années les séparaient, l'un était parti très tôt de la maison, les orientations politiques divergentes ont fait le reste : les deux hommes n'étaient pas vraiment proches.

Ils étaient trois frères au temps de la Seconde Guerre mondiale. Marcel au stalag, Jean au STO et Pierrot le petit dernier, celui qui se trouvait devant moi, dans la Résistance. On imagine le souci des parents. À dix huit ans, Pierre, séminariste, est réquisitionné à Manufrance, la manufacture d'armes de Saint-Étienne, contraint de travailler pour l'Allemagne en France. « On était chargés de vérifier les culasses des fusils, de trier les valides et les défectueuses. On se trompait de caisse dès qu'on le pouvait. Mais il fallait faire attention, hein. » Mis en relation avec les réseaux clandestins, il se débrouille pour dénicher les lieux de passage des camions d'armement allemands, fait remonter l'information. Un convoi est intercepté grâce à ses renseignements. (Je lui ai fait lire le passage ci-dessus et il m'a demandé d'amoindrir ses mérites. Il ne veut pas être présenté comme un héros de la Résistance, juste comme un gars qui a un peu aidé à sa manière. C'est chose faite.)

« C'est des petites anecdotes, tout ça. Et c'est tellement vieux, il y a certainement des histoires que j'ai oubliées. » Certains épisodes ne s'oublient pas, comme cet interrogatoire auquel il a assisté. « Le soldat allemand tabassait à coups de pied un homme de soixante-dix ans. » Pierre est devenu pensif. Puis j'ai entendu cet ancien prêtre, bientôt centenaire, déclarer d'une voix ferme :

– Ce jour-là, j'ai eu envie de tuer.

Je voulais en savoir plus sur le moment des retrouvailles d'après-guerre, après les années de séparation.

– Quand tu as revu tes frères, vous vous êtes bien raconté vos aventures ?

– Non, pas vraiment. C'est curieux, hein ? À l'époque, on ne se parlait pas comme aujourd'hui au sein des familles.

Avant de quitter cet homme qui m'en avait appris plus qu'il ne le pensait, je lui ai laissé une copie du journal de Marcel. Il n'avait jamais entendu parler de ce document.

J'ai ensuite profité d'une réunion estivale pour cuisiner les enfants de mon grand-père, ma mère, mon oncle et mes tantes, pendant que mon fils faisait la sieste. Rassembler le puzzle de la mémoire familiale est une gageure. Les filtres des souvenirs individuels sont alambiqués. Tout le monde ne sait pas la même chose, personne ne se remémore de la même façon. Et la source n'était pas très volubile.

Il nous parlait très peu de ça.

Mon grand-père ne s'est jamais assis pour leur raconter les détails de son parcours. À quoi bon raconter ces horreurs ? Ce n'était pas dans l'air du temps, l'époque ne sacralisait pas encore les victimes.

En enquêteur rompu aux techniques d'interview les plus efficaces, j'ai servi quelques verres de vin pour libérer les réminiscences. Des fragments, des phrases prononcées par l'aïeul des décennies plus tôt finissent par émerger. D'abord des choses attendues de la part d'un ancien combattant.

Il ne faut pas vous plaindre, vous n'avez pas eu de guerre.

Puis d'autres, moins prévisibles.

J'ai fait ce que j'ai pu pour vous protéger.

Comme s'il était porteur d'un virus dont il voulait préserver ses enfants. Pour éviter que ses blessures coulent sur sa descendance. Pour épargner sa progéniture. Se taire, un acte d'amour.

On peut aussi considérer ce mutisme comme une forme de fierté. Un père étant alors censé représenter la force et l'autorité, Marcel devait être réticent à l'idée de déballer les humiliations subies devant ses enfants. Plus largement, il était sans doute accablé par un sentiment proche de ce que Primo Levi appelle « la honte d'être un homme », la honte d'espèce, le fait de se sentir morveux d'avoir été partie prenante de tels événements, même du côté des innocents.

J'ai resservi un coup de blanc pour relancer les confidences des tantes et oncle. Je le connaissais comme grand-père, j'ai demandé quel père il était.

Papa était rigide.

Un temps de pause.

C'est peut-être ça qui l'a sauvé d'ailleurs.

L'homme était soucieux de la bienséance, qui était le cadre de sa dignité, qui est une forme d'orgueil. Souvenons-nous que, sous les bombardements de 1944, il refuse de se comporter comme ceux qui vivent en bêtes traquées. Il préfère le risque de mourir à celui de s'avilir. L'orgueil est souvent un mauvais maître, il peut aussi nous maintenir à flot.

Il râlait beaucoup. Mais il n'était pas violent.

Ses enfants n'ont pas reçu de torgnoles. Et on ne l'a jamais entendu dire un mot sur les Allemands. Jamais entendu prononcer le terme *boche*, qui ne figure pas non plus dans son journal.

Au final, il n'a pas transmis grand-chose.

Bruit d'un verre qu'on repose sur la table.

Mais il faut quand même préciser : il n'a pas transmis la haine.

Dans ses derniers jours, cloué au lit d'hôpital, ses barrières psychologiques et ses inhibitions se sont effondrées. L'effroi enfoui sous les années de refoulement a rejailli à la surface. Les corps calcinés et les copains déchiquetés. Les hurlements de terreur et les yeux des mourants. Il revivait l'embarquement de Veules-les-Roses sous le feu des stukas, verbalisant des souvenirs qu'il n'avait même pas osé écrire sur le coup. La barque qui coule alors qu'on leur tire dessus. La tentative pour rejoindre un autre bateau. Qu'il est le seul à avoir atteint. Son ami blessé qu'il essaye de tirer hors de l'eau et qu'il ne parvient pas à sauver. Son ami crevé dans une mer en flammes, dans ses bras.

Il revoyait ses morts en face, vomissait sa culpabilité de survivant, utilisant ses derniers souffles pour ahaner « je vais les rejoindre », en pleurant comme un enfant. Marcel Gibert est décédé le 20 juin 2001. Au moment de partir, après une vie de silence, il ne parlait que de *ça*.

25

– Attention, il arrive vers toi.

Le forcené zigzaguait dans une course nihiliste, il n'avait pas l'intention de se rendre. Les négociations avaient échoué. C'était l'heure de donner l'assaut.

– Chope-le !

Je me préparais à le plaquer au sol, seule solution pour le maîtriser avant qu'il ne fasse de nouveaux dégâts. En voyant les forces de l'ordre prêtes à charger, le forcené a interrompu sa cavale et jeté des regards paniqués autour de lui. Coincé, il a de nouveau aboyé sa revendication :

– JE. VEUX. PAS. FAIRE. DODO.

Nous avions tout essayé. Les berceuses, les doudous, les veilleuses musicales, les quatre tétines dans le lit, *Tchoupi ne veut pas se coucher*, le chantage, la raison (ha, ha, les naïfs). Nous avions consulté des manuels, sondé Google et toutes les pages répondant aux mots-clés *bébé* et *sommeil*. Nous nous étions humiliés en suppliant un enfant. « S'il te plaît, papa et maman ont besoin de se reposer, il faut dormir mon amour. » Rien à foutre. Il était plus facile de parlementer avec Daech qu'avec mon fils à l'heure du coucher. Seul un reste de conscience parentale nous empêchait de le gaver de Lexomil.

Il refusait d'aller au lit le soir et se réveillait en pleurs trois, quatre, cinq, six fois par nuit. Dès qu'il a été capable de descendre de son lit tout seul et d'ouvrir une porte, il a pris l'habitude de débouler dans notre chambre pour se frayer un chemin entre nous et s'endormir, enfin, avec un pied dans mon oreille. À 6 heures du matin, il sautait sur le matelas en entonnant « debout papa, debout maman » à pleins poumons. Commençaient alors des journées où je devais suer sur des virgules de bon matin avec un cerveau en gruyère, alors que j'avais toujours préféré écrire la nuit. Avant d'être père, j'avais été adolescent, puis étudiant, puis producteur de phrases à mon compte. Autant dire que je représentais parfaitement la France qui se lève vers 10 heures-10 h 30. Fin des nuits heureuses et créatives. Plus dure était la chute de lit. La Femme, écartelée entre ses lourdes contraintes professionnelles et celles de la maternité, frôlait le burn-out.

J'ai failli oublier de mentionner les terreurs nocturnes. On se tromperait lourdement en les assimilant à de simples cauchemars. Il s'agit plutôt d'une forme de somnambulisme durant lequel l'Enfant vocifère dans un état de semi-conscience. J'utilise le terme *vociférer* car il n'existe pas de mot adéquat dans la langue française pour décrire ce type de scène. Pour établir une juste comparaison, il faut se référer au film *L'Exorciste*. L'Enfant (cette boule de pureté), agité de tremblements épileptiques, yeux révulsés, bave aux lèvres, pointait le doigt dans la direction de ses parents affolés en grognant « nooooon » ou « au revoir » (sa façon de dire *casse-toi*) avec un timbre de chanteur de death-metal. Si on l'approchait, il se transformait en un pitbull cocaïné auquel on aurait flanqué un grand coup de pied dans les couilles. Cela ne faisait aucun doute : cet enfant était possédé par le démon. Les spécialistes étaient formels, il n'y avait rien à faire en cas de terreur nocturne. Ne pas le toucher, ne pas lui parler, juste attendre que ça passe (trente minutes sans interruption) en faisant en sorte d'éviter qu'il ne s'éclate la tête contre les murs dans sa transe.

Il fallait prendre des mesures. Pour la première fois de mon existence, j'ai pris rendez-vous chez une psy. Madame Machin, spécialisée dans les troubles du sommeil de l'enfant. Lors de la consultation familiale, elle nous a fait déballer toute notre histoire pendant que l'Enfant jouait avec une girafe en plastique. Il n'y avait pas grand-chose à raconter, nous avions grandi dans des familles équilibrées et aimantes, vraiment pas de quoi casser trois pattes à un lacanien. C'est alors que la Femme a précisé qu'elle avait été adoptée. La psy a retenu un mouvement de victoire (*yes !*), elle avait un trauma potentiel à se mettre sous la dent.

– Mmmh, c'est probablement lié à ce problème de sommeil.

J'observais la Femme depuis des années, j'étais le mieux placé pour savoir que son adoption ne la perturbait pas. Elle dormait comme une marmotte avant l'arrivée de la bête. Quand la Femme a détaillé la galère de son accouchement par césarienne d'urgence, la psy ne tenait plus en place – je la voyais danser la gigue dans sa tête.

– Voilà, il y a clairement une angoisse de la séparation.

Ça, nous l'avions à peu près compris tout seuls, notamment quand l'Enfant répétait « papa et maman, fais dodo avec moi ». Nous n'avions pas besoin de constats mais de solutions.

– Il faut que vous lui racontiez en détail l'adoption et l'accouchement.

– Mais, heu, il a deux ans et demi.

– Ils comprennent tout, vous savez. Il faut formuler les choses.

Soit. De retour chez nous, nous avons donc expliqué l'adoption et l'accouchement à notre fiston qui, sans surprise, n'a manifesté qu'un intérêt relatif. Nous avons également suivi quelques conseils pratiques, comme celui consistant à orienter le lit de façon à ce que l'Enfant voie la porte et la fenêtre en s'endormant, pour qu'il puisse surveiller l'arrivée d'éventuels prédateurs que notre mémoire archaïque craint depuis que nos ancêtres se faisaient réveiller par des lions dans la savane. La mission était accomplie, nous étions pleins de cet espoir fou, dormir plus de cinq heures d'affilée.

Le mois suivant, j'ai rappelé pour un « suivi » qui tenait en deux mots : aucune amélioration. La psy a conclu :

– Bah, c'est un petit dormeur.

Merci pour l'info, maintenant rends-moi mes 120 euros.

Comme il dormait peu, l'Enfant était souvent fatigué et donc irritable. Il tentait de me mordre quand je lui refusais quelque chose (« non, on ne peut pas voler ce vélo »). Je l'empêchais de jouer avec un objet susceptible de l'empaler ? Il m'en tenait rigueur. Le parapluie ne tenait pas contre le mur ? Il me frappait. L'avion avait disparu du ciel, et c'était ma faute. Mon fils découvrait que je n'avais pas le pouvoir de faire apparaître des avions, sa déception était immense. Son père omnipotent, contrairement à ce qu'il croyait, n'était pas Dieu. Sa mère n'était pas épargnée par ses colères, il prenait même un soin tout particulier à la martyriser.

Ses frustrations s'accompagnaient, assez classiquement, de crises de larmes ponctuées de hurlements et de roulades au sol. Pas les petites crises éclair, plutôt vingt minutes de chaos sonore. Nous redoutions que la voisine du 5e appelle les services sociaux. Là encore, nous avions tout essayé – à part le martinet – et notre taux d'échec était impressionnant.

Sur un plan théorique, j'étais en phase avec tous les traités d'éducation positive. J'admirais

Maria Montessori et A.S. Neill, voilà des gens qui faisaient du bien à l'humanité. Ne pas punir, ne pas crier. Il n'y a pas de caprice gratuit. L'Enfant veut nous dire quelque chose avec ses moyens, c'est à nous de le décrypter. Il ne cherche qu'à attirer notre attention et il faut reconnaître qu'il y parvient très bien en se roulant par terre. Le parent cherche à comprendre, il se penche vers l'Enfant pour lui susurrer :

– Qu'est-ce qui se passe, mon petit doudou ? Tu as le droit d'être en colère. Explique-moi ce qui ne va pas.

Quelques minutes plus tard, après avoir subi divers assauts, le parent excédé se retient à grand-peine de fulminer, les dents serrées :

– Mais c'est quoi ton problème ? Parle ! Pourquoi tu fais chier ? Pourquoi ?

Nous étions en plein *terrible two*, la fameuse phase des deux ans durant laquelle l'enfant s'affirme en défiant l'autorité, en s'immisçant dans les moindres failles de la muraille parentale. Il refusait d'entrer dans son bain, puis refusait de sortir de son bain. Chaque étape du quotidien pouvait engendrer un casus belli.

– Mets tes chaussures, s'il te plaît.

– Non.

– Comment ça, non ?

– Non.

– Allez, mets tes chaussures.

Du haut de ses quatre-vingt-douze centimètres, il me fixait avec son œil du tigre et détachait les syllabes pour articuler :

– C'est. Moi. Le. Chef.

Je lui expliquais calmement qu'il pouvait toujours courir, il n'était pas près d'être le chef, d'ailleurs on n'est pas obligé de vouloir être chef dans la vie, on n'a pas besoin de dominer pour être respecté, il est plus sain de coopérer sans rapport hiérarchique, c'est comme ça que l'humanité progresse, et en attendant tu fais ce que je te dis parce que tu mesures moins d'un mètre. Peu réceptif à mon argumentation (qui n'était certes pas dénuée de contradictions), le monstre explosait et renversait tout sur son passage. C'est mon fils, ma racaille. Je l'isolais dans sa chambre en attendant la fin de l'orage. Il tambourinait sur la porte pendant dix minutes. Dix minutes, qui en paraissaient le triple, durant lesquelles je réfléchissais à un projet de livre qui se serait intitulé *J'élève mes parents*. À la fin, il revenait mettre ses chaussures, calmement. J'avais perdu une journée d'espérance de vie dans l'intervalle.

Son besoin d'opposition était d'autant plus épuisant qu'il ne s'activait qu'avec ses parents. Il se montrait angélique avec les autres adultes.

Quand il tapait un scandale dans la rue (parce qu'une voiture rouge venait de passer alors qu'il préférait les voitures bleues), j'étais tenté de demander de l'aide à des passants pour le sermonner à ma place avec plus d'efficacité. *Je vous en supplie, maîtrisez cet individu. Tenez, je vous file 10 euros.*

Parfois, désabusé, je me contentais de le filmer en train de se rouler par terre. Pour documenter le cas. Pour que le monde sache. Pour qu'on ne puisse plus jamais dire *on ne savait pas.*

J'ai lu qu'un couple américain avait été condamné pour avoir utilisé un Taser sur ses enfants de deux et trois ans. C'est mal. N'empêche, il ferait fortune, celui qui inventerait le baby-Taser. Un système inoffensif pour neutraliser les enfants. Pas pour blesser, non, juste pour interrompre la séquence.

Avant, quand je voyais des gens s'énerver sur leur enfant dans la rue, je secouais la tête en pensant *allons, allons, ce n'est pas comme ça qu'il faut faire.* Depuis que je suis passé par là, j'ai envie de leur taper fraternellement sur l'épaule, *lâche rien.*

J'étais à bout de nerfs, je ne lui en voulais pas. Il traversait une période difficile. L'Enfant découvrait que l'univers n'était pas à sa botte, que ses parents n'étaient pas uniquement des pourvoyeurs de protéines et d'affection mais aussi d'immondes fascistes imposant des lois iniques (*non, on ne peut pas étaler de la confiture sur les murs*). Il découvrait sa soumission aux lois de la physique et il en concevait une rage insurmontable. Il lui arrivait d'engueuler la machine à laver ou de démolir des objets récalcitrants puis, soudain vidé de sa fureur, il redevenait le petit garçon modèle, affectueux et attentif qu'il était la plupart du temps. Mon fils, ce bipolaire.

La vérité sur l'éducation des enfants : on fait au mieux, on fait ce qu'on peut. Impossible de tout contrôler, il faut accepter notre condition de parents imparfaits. Sigmund Freud était d'accord avec moi. Alors qu'une mère lui demandait comment bien élever ses enfants, le Viennois avait répondu « faites ce que vous voulez, ce sera toujours insuffisant ».

26

– C'est un grand garçon, moi.

– C'est vrai, tu n'es plus un bébé. Et ils font quoi, les grands garçons ?

J'espérais une réponse du type *ils prennent plus la sucette* ou *ils font pas des caprices.*

– Y zont des pitolets.

– Hein ? Mais où t'as entendu ça ?

– Moi quand il est grand, je prends un zavion meuh pou voi les zanimaux dans la savane.

L'Enfant, qui procédait par imitation, avait bien assimilé les techniques de diversion que nous utilisions avec lui. J'étais rassuré sur ses facultés cognitives et je me demandais comment avait atterri dans son cerveau l'idée qu'être grand revient à posséder une arme à feu. Il n'avait même pas trois ans.

Il m'a ensuite exposé la distinction entre les pistolets pour les enfants qui « jettent de l'eau » et les pistolets pour les adultes qui « font des éclairs ».

– Et les militaires ils sont là pour nous protéger.

– Comment tu sais ça, fils ? Tu l'as vu dans une histoire ? On t'en a parlé ?

– Non, z'ai appris tout seul.

Impossible d'en savoir plus.

Je mesurais l'ampleur de ce qui commençait à nous échapper. Il subissait des influences hors de la bulle parentale, faisait son chemin de découverte autonome, grandissait.

C'était un grand garçon qui ne prenait plus de biberon et refusait de monter dans une poussette depuis belle lurette. Un matin, au lieu de venir jouer du tambour dans notre chambre, il s'est levé, a ouvert la porte de l'appartement et descendu les escaliers. Je l'ai rattrapé deux étages plus bas et il m'a annoncé, sur un ton qui ne souffrait pas la contradiction, qu'il allait au parc pour chasser les chevreuils et les loups. J'ai tenté de lui expliquer qu'on ne chassait pas le loup à mains nues vêtu d'un pyjama. C'était bien d'avoir des ambitions, je n'allais pas lui dire le contraire, il fallait toutefois les adapter à ses compétences et attendre encore un peu avant de donner libre cours à ses instincts de prédateur, d'autant que les chances de débusquer des loups dans le parc des Buttes-Chaumont m'apparaissaient plutôt minces. Comme il ne semblait pas convaincu, je suis revenu à la stratégie de la diversion, même si je connaissais son effet boomerang.

– Tu veux pas plutôt regarder un petit dessin animé ?

C'était un parfait exemple de lâcheté parentale. Jamais d'écran avant trois ans, malheureux, tous les experts sont d'accord là-dessus. Les tablettes transforment les gamins en légumes intoxiqués. Je souscrivais à ce point de vue sans réserve. Je soupçonnais néanmoins les experts en question de ne pas avoir eu d'enfant de moins de trois ans depuis longtemps. Je n'avais pas dormi en paix depuis 2014 alors j'étais prêt à renier toutes mes bonnes intentions éducatives contre quelques minutes de sommeil supplémentaires, en toute bonne conscience, sans aucun remords pour mon forfait.

À la réflexion, il aurait sans doute été plus judicieux, dans une optique Montessori, de laisser faire mon fils et même d'encourager son initiative. Dans notre contexte apocalyptique, il était utile d'apprendre à se débrouiller seul pour se procurer ses protéines. *Tu veux chasser ?*

Très bien, file. Et ne t'avise pas de revenir sans un chevreuil sur le dos sinon tu ne manges pas ce soir.

L'Enfant-chasseur entrait dans une phase de démonstration de sa virilité. Il réclamait des épées, affirmait qu'il avait un gros zizi – ce qui était exagéré – et multipliait les déclarations fracassantes.

– Papa, je vais te mettre dans la poubelle avec ton caca et je vais rester avec maman pour lui faire des câlins.

L'Enfant formulait son complexe d'Œdipe sans faire preuve d'une grande subtilité. Les provocations se succédaient. J'avais été saisi d'une grande joie le jour où il s'était spontanément emparé d'un livre dans la bibliothèque. Il s'intéressait à l'imprimé, goûtait le contact du papier, j'avais rudement bien fait de lui lire Dostoïevski dès le berceau. En plus, c'était un de mes romans, avec ma photo sur le bandeau, il devait être tellement fier de son papa. Quand il a attrapé une paire de ciseaux pour lacérer mon ouvrage avec application, j'ai d'abord été tenté de l'attraper par les cheveux en criant *tu sais le travail que ça représente d'écrire un livre petite ordure.* Comme il n'avait pas assez de cheveux, j'ai pris une grande inspiration en essayant de visualiser le Mahatma Gandhi et de focaliser sur l'aspect positif de la situation. Il tuait le père symboliquement, rien de plus naturel. Il suivait le protocole, c'était une phase normale de son développement. Qu'il franchisse l'étape à cet âge, ça nous évitera des misères à l'adolescence, *inch Allah*. (Profitons de cet épisode pour souligner, au passage, la dimension œdipienne de l'idéologie djihadiste, désireuse de détruire un Occident présenté comme colonisateur et paternaliste. Se réaliser en tuant le père. Le terrorisme, on ne le dit pas assez, est avant tout une histoire de bite. Il affirme sa virilité en détruisant les grandes tours phalliques de l'adversaire dans ces pays de dégénérés où les homosexuels courent toujours.)

Mon fils le chasseur de loups s'est ensuite mis à lorgner sur les robes de princesses de ses copines et sur le vernis à ongles de sa mère. Il réclamait une culotte « La Reine des Neiges » et voulait se déguiser en fée.

– Moi je veux être une fille, nous a-t-il annoncé tranquillement.

Si nous avions été dans les années 1950, j'aurais attrapé un téléphone, demandé à l'opératrice de me passer l'hôpital psychiatrique et j'aurais pris rendez-vous pour une séance d'électrochocs afin de briser les pulsions contre-nature de mon rejeton avant qu'il ne devienne un inverti. Comme on était au XXIe siècle, j'ai répondu :

– Mouais, déguise-toi comme tu veux.

En 1990, la philosophe américaine Judith Butler publia *Gender trouble* (*Trouble dans le genre*, dans l'édition française), un essai qui popularisa la distinction entre le sexe, donnée biologique, et le genre, construction sociale évolutive ; idée déjà contenue dans le « on ne naît pas femme, on le devient » de Beauvoir. Nature versus culture, énième épisode. Le livre était devenu la bible des *queer studies* et de tout un pan du féminisme contemporain. Quoi qu'on en pense, il avait eu un impact important sur le monde des idées, sur le monde tout court. Dans mon entourage, les parents soucieux d'offrir une éducation dégenrée fournissaient à la fois poupées et voitures à leur progéniture mâle et femelle dans l'espoir de façonner une société plus égalitaire, et le résultat n'était absolument pas à la hauteur des espérances. Des mères militantes s'arrachaient les cheveux lorsque leurs filles s'entêtaient à jouer à la princesse. Ma voisine, une Danoise bardée de diplômes en sociologie et mère d'un petit Viking, avait retourné sa veste :

– C'est des conneries théoriques tout ça. Les garçons préfèrent jouer aux voitures, point barre.

Dans les bacs à jouets de la crèche, les gamins pouvaient se servir en poupons comme en tractopelles. Je trouvais ça très bien. Mais il fallait se rendre à l'évidence : les enfants de moins de trois ans n'avaient aucune conscience politique et reproduisaient sans vergogne les schémas culturels de la domination patriarcale asservissant les femmes depuis la nuit des temps. Tout portait à croire qu'ils n'avaient jamais entendu parler de Judith Butler. L'Enfant s'était déguisé deux fois en fée, ça l'avait amusé cinq minutes et il était reparti jouer avec son épée en costume de Spiderman.

Dans le labyrinthe de sa construction identitaire, il a ensuite développé une courte phase délibérément misogyne.

– Non Madeleine, toi tu peux pas dessiner un avion parce que t'es une fille. Tant pis pour toi.

J'étais atterré. Comment était-il possible qu'il soit déjà aussi phallocrate ? Quand il me demandait comment volaient les avions, je prenais pourtant bien soin de lui expliquer que c'était des messieurs *ou des dames* qui les pilotaient.

Mais je n'étais pas inquiet. Pas pour ça. Il explorait les possibles à tâtons, c'était de son âge. Le modèle de sa mère, femme puissante qu'il voyait partir au travail tous les matins juchée sur sa moto et ses talons hauts, était le meilleur antidote au sexisme. L'exemple valait tous les grands discours.

Dans son élan transgressif, l'Enfant a ensuite franchi les frontières de la légalité. De retour de la supérette, il a sorti un crayon gris de sa poche et l'a brandi en déclarant fièrement à sa mère :

– Regarde, j'ai volé un stylo.

La délinquance juvénile, ce fléau qui gangrène la société. On commence par chourer des crayons chez Franprix et dix ans plus tard on deale de la coke pour financer le djihad. Il faut traiter le mal à la racine. Comment établir une réponse juste et proportionnée face à la faute ? Il aurait fallu que je consulte Laurence Pernoud et Michel Foucault mais la réaction se devait d'être immédiate. J'ai suivi mon instinct, j'ai soufflé dans ses bronches une leçon de morale bien lourde :

– C'EST GRAVE CE QUE TU AS FAIT. C'EST N'IMPORTE QUOI.

Je l'ai ensuite traîné de force au magasin pour qu'il rende l'objet du délit au caissier. J'ai peut-être soufflé un peu trop fort, le gamin était dans un état proche de la catatonie. J'ai douté. Ce brave petit souhaitait acquérir un outil pour exprimer sa créativité. Fallait-il vraiment punir un enfant qui, de toute évidence, manifestait sa saine volonté d'écrire – et par là même d'imiter son papa ?

Je devais forcer ma nature pour jouer au flic. Je ne prenais aucun plaisir à commander, contrairement à certains parents qui, soumis dans la vie professionnelle, se vengent sur leurs enfants – chouette, enfin quelqu'un à dominer.

Je n'avais hurlé, vraiment, que deux ou trois fois, sous l'effet de la peur. Comme le jour où il avait tenté de traverser au rouge en pleine circulation.

– NE RECOMMENCE JAMAIS ÇA.

Hurler ne sert à rien. J'avais fini par comprendre, à l'usage, que la sincérité de l'intonation était plus efficace que la hausse du volume sonore pour faire passer un message.

Il n'est pas toujours évident d'établir la frontière entre autorité et laxisme. Chaque jour offre son lot de dilemmes éducatifs. À quel moment laisser filer ? À quel moment l'enfermer dans la cave en le privant de nourriture ?

Voici un exemple de situation qui n'appelle pas de réponse univoque. L'Enfant avait enfilé des chaussettes blanches et des sandales grises. Beaucoup plus grave que de se déguiser en fée.

– Fils, tu ne peux pas sortir comme ça.

– Si.

– Tu peux mettre tes sandales, mais sans chaussettes.

– Si.

L'affaire était litigieuse. D'un point de vue purement légal et éthique, l'Enfant faisait valoir son droit à s'habiller à sa convenance. Sur le plan de la dignité humaine, toutes les limites étaient franchies dans un Armageddon stylistique sans retour. J'ai pesé le pour et le contre, je me suis souvenu de mes penchants libertaires et j'ai tranché. Tu veux mettre des chaussettes blanches avec des sandales grises ? C'est ton choix. Les règles sont faites pour être brisées. Crois en tes propres valeurs, fils. Tu es la disruption. Invente tes propres normes.

L'Enfant assumait sa rébellion vestimentaire en toute tranquillité. Je n'avais hélas pas sa liberté intérieure. Or, je me promenais en sa compagnie. Qu'allait penser la population ? *Regardez comment cet homme a habillé son enfant. Des sandales avec des chaussettes. Vous vous rendez compte ? Oui, oui, en plein Paris. Pauvre gosse.* J'ai enfilé mes lunettes de soleil. Je marchais quelques pas derrière lui en sifflotant d'un air détaché dans l'espoir que les passants ne se rendent pas compte qu'il s'agissait de mon fils. Rien à faire, j'entendais les gens penser. *Si c'est pas malheureux de voir ça. Des sandales à scratch, en plus. Après on s'étonne que les jeunes n'aient plus de repères.*

Devant le passage piéton qui mène aux Buttes-Chaumont, une femme, quinquagénaire bien mise, a traversé au rouge en l'absence de voiture. Mon fils l'a engueulée :

– NE RECOMMENCE JAMAIS ÇA.

La piétonne, d'abord surprise, a jaugé l'Enfant de la tête aux sandales-chaussettes puis m'a lancé un regard dédaigneux en tchipant. *Comment tu veux que ton fils respecte les autres si tu ne lui apprends pas à se respecter lui-même.*

L'Enfant se défoulait en courant au milieu des arbres, je comptais sur les vertus de la chlorophylle pour l'apaiser. Sur les hauteurs du parc, à l'ombre d'un grand cèdre, une trentaine d'adeptes du tai-chi répétaient leurs mouvements avec grâce, dans une lenteur recueillie, souffles synchronisés, à l'écoute des éléments.

Une vague de sérénité bienfaisante se dégageait de la scène.

Le silence régnait.

Seul le chant discret d'un merle harmonisait la chorégraphie.

L'Enfant a déboulé au milieu du groupe en claironnant :

– C'EST N'IMPORTE QUOI.

J'ai ressenti une légère envie de mourir.

27

L'Enfant a été victime de son premier dérapage raciste. J'ai oublié de préciser : mon fils est eurasien, ses yeux bridés et son nez minuscule trahissent les origines extrême-orientales de sa mère. Nous étions à l'aire de jeux et l'Enfant soliloquait dans un sabir incompréhensible.

– Il dit quoi le Chinois ?

C'était un môme de cinq ou six ans, blanc, qui posait la question.

– Je sais pas. Il est petit, il parle tout seul.

– Il est chinois ou il est français ?

– Il est français.

– Alors pourquoi il a une tête de Chinois ?

– Sa maman est d'origine coréenne. C'est pas pareil que les Chinois.

– Pfff, mais si, il est chinois.

Le petit a tourné les talons en haussant les épaules.

Je vais te balancer à la Licra, moi, merdeux.

Ce n'était qu'un début, mon fils était condamné à porter sa face de minoritaire toute sa vie. La Femme supportait avec une autodérision résignée tous les lourdauds qui lui demandaient des recettes de sushis, lui racontaient leurs vacances en Thaïlande ou voulaient savoir si elle parlait asiatique.

Peu après l'épisode de l'aire de jeux, alors que j'allais innocemment chercher des croissants, la boulangère s'est exclamée « oh qu'il est mignon le petit Chinois ». Inutile de se formaliser, ce n'était pas malintentionné. C'était même gentil, elle lui a donné une chouquette. Je serais tout de même curieux de voir sa réaction si on disait à son fils « oh qu'il est mignon le petit Arabe ».

Un jour, alors que l'Enfant enchaînait des cascades sur la rampe des escaliers de la rue Lauzin, un adolescent noir s'est esclaffé « hé, matez le yamakasi ». Je dois admettre que c'est plutôt drôle. Je dois aussi admettre qu'il m'arrive, quand mon fils est pris d'un de ses élans dictatoriaux, de lui balancer un « tu te calmes Kim Jong-un ».

Quelques mois plus tard, j'ai un peu honte de l'avouer, j'ai fait une expérience sur ma progéniture. L'enfance, ce territoire encore à peu près vierge, offre un terrain d'observation privilégié sur la condition humaine initiale, non encore pervertie par l'environnement, la culture, les perturbateurs, les autres, qui sont infernaux. Ce serait dommage de ne pas en profiter pour enrichir notre connaissance.

L'année touchait à sa fin, nous revenions de la crèche avec la photo de groupe. Il manquait quelques gamins sur l'image, absents le jour de la prise de vue.

– Y a pas Bakary, a remarqué l'Enfant.

– Ah oui ? Dis-moi : à quoi ressemble Bakary ?

Je savais très bien à quoi ressemblait Bakary. C'était un des deux Subsahariens de la section, facile à identifier. Je mentais à mon fils, mais c'était pour la bonne cause, je voulais simplement évaluer son niveau de racisme, ou plutôt recueillir une donnée sur les fondements de la distinction interethnique et de la catégorisation de l'Autre, qui sont les préliminaires du conflit.

– Alors, à quoi ressemble Bakary ? Tu peux me dire ? (Je cuisinais mon fils pour contrôler sa moralité tel le commissaire politique d'un régime totalitaire, c'est monstrueux.)

– Bakary, il a une grosse tête.

J'avais ma réponse. L'Enfant ne définissait pas Bakary par sa peau noire, encore moins par ses origines. Cela ne m'étonnait pas: sa géographie était déplorable, il était incapable de situer Ouagadougou sur une carte du monde; pire: il me demandait régulièrement où se trouvait Paris.

Je me plais à penser que je suis, moi aussi, indifférent à la couleur de peau (*colorblind*, comme le dit bien la langue anglaise), qu'elle est certes un marqueur de l'identité, au même titre que la couleur des yeux ou la grosseur de la tête, rien de bien important. Sur le terrain, cette position reste marginale.

Lors d'une conférence que je donnais à Kinshasa devant un public composé d'une trentaine d'intellectuels congolais, un journaliste local m'avait demandé:

– Monsieur Blanc-Gras, que pensez-vous de l'homme noir?

Je n'en pensais rien, parce que des hommes noirs il y en avait des centaines de millions, qu'ils étaient tous différents et que donc, désolé monsieur, il m'est impossible de répondre à une question aussi vague, car à mes yeux vous n'êtes pas un homme noir, vous êtes un homme.

Un tonnerre d'applaudissements a jailli de la salle et j'ai ressenti une certaine honte, c'était trop facile de recueillir des éloges en se complaisant dans une caricature de politiquement correct, en affirmant que tous les hommes sont frères et que la guerre c'est pas bien. J'avais donc poussé le raisonnement vers des contrées moins convenues en ajoutant qu'il serait maintenant bienvenu de se lâcher mutuellement la grappe avec ces histoires de pigmentation, que de mon côté j'en avais un peu marre de me faire alpaguer « hé le blanc » à chaque fois que je mettais le pied dans une rue africaine, qu'en France ça ne se faisait pas de dire « hé le noir », que c'était quasiment illégal, en tout cas désobligeant, bref personne ne faisait ça à part quelques nazillons dégénérés en mal de transgression, et je vous rappelle que ces huit dernières années le chef du monde était un métis aussi noir que blanc, alors si on avançait un peu vers l'universel, ensemble ?

Il n'y a pas eu d'applaudissements à la fin de ma tirade, pas de réprobation non plus, seulement quelques hochements de tête circonspects.

À la crèche, l'Enfant connaissait ses premières amitiés. Chaque matin, Madeleine et lui se saluaient d'un énorme câlin devant des parents lézardés par tant de mignonnerie. Le week-end, il lui arrivait de coller sa main contre son oreille, dans un simulacre de téléphone, pour raconter sa journée à sa copine Capucine. Ils savaient aussi se griffer le visage de temps à autre pour de sombres histoires de Lego renversés.

Malgré sa « tête de Chinois », l'Enfant ne développait pas d'atomes crochus avec les petits des commerçants asiatiques de Belleville, avec lesquels il partageait des caractéristiques physiques mais pas d'héritage culturel. Pas besoin d'être farouchement bourdieusien pour constater l'incroyable précocité des déterminismes sociaux. Mon fils se liait spontanément avec des gamins dont les parents étaient journalistes, universitaires, comédiens. L'habitus comptait plus que le phénotype.

Dans une microsociété juvénile et cosmopolite, la couleur de peau ne semblait pas être un paramètre essentiel. Ça viendrait bien sûr, ça viendrait hélas, mais à cet âge les enfants étaient préservés de l'obsession identitaire.

L'innocence ne dure pas. L'année suivante, mon fils est revenu de l'école en me demandant pourquoi Killian était tout marron.

Mon petit,

Je t'envoie cette carte des Seychelles, un chapelet d'îles paradisiaques décorant l'océan Indien. Les plages sont irréelles et j'ai vu des tortues énormes. Figure-toi que, par le plus grand des hasards, j'ai aussi croisé Amina, ta nounou préférée. Elle partait en voyage de noces. Tu vois fils, le monde est un endroit plein de bonnes surprises.

Prends soin de ta mère.

Mouè-an-mèn'-ou.

Papa

28

C'est une des grandes joies parentales, ces premières conversations avec un individu qui, la plupart du temps, raconte n'importe quoi avec une élocution hésitante, tel un ivrogne déblatérant au comptoir.

– Papa, est-ce que Madeleine est un mammifère ?

– Oui, entre autres choses.

– Et les dinosaures, ça pique ?

– Non, pas vraiment.

– Papa, tu dis n'importe quoi.

– Je crois pas, non.

– Moi, je te signale que les fusées vont plus vite que les tortues.

L'Enfant devenait pontifiant – aucun doute, c'était bien mon fils. Sa palette d'expressions avait explosé. Le subjonctif et la concordance des temps s'étaient immiscés dans son langage, l'air de rien, par imprégnation. Sa grammaire encore imparfaite (il persistait à dire « ils sontaient » pour « ils étaient ») se hissait légèrement au-dessus de celle de certains footballeurs.

L'Enfant était désormais en mesure de formuler des questions existentielles. Nous abordions la phase du *pourquoi*. Je m'en réjouissais, pressé d'édifier mon fils, de répondre à sa curiosité naturelle, de répandre l'immensité de mon savoir et de mon expérience sur ce petit être en formation. L'apparente simplicité de ses interrogations dissimulait parfois des pièges.

– Papa, pourquoi c'est bon le chocolat ?

– Parce que le goût du sucre est agréable.

– Pourquoi le goût du sucre il est agréable ?

– Le goût du sucre est agréable parce que, parce que j'en sais rien mon chéri.

L'Enfant nous met face à l'immensité de notre ignorance.

– Pourquoi ça s'appelle un bateau-mouche ?

Je ne le savais pas, j'ai donc cherché. Voici la réponse : les premiers exemplaires de bateaux-mouches ont été construits à l'occasion de l'Exposition universelle de 1867, dans des ateliers du sud de Lyon, dans le quartier de la Mouche.

L'Enfant m'avait permis d'apprendre quelque chose et ce n'était qu'un début. Grâce à lui, je connais désormais le temps nécessaire pour compter jusqu'à un milliard. (Si ça vous intéresse, sachez qu'à raison d'une seconde par nombre il faut près de trente-deux ans.)

Il avait soif d'apprendre et il était fier d'enseigner. S'il revenait de la crèche en entonnant une nouvelle comptine, il me répétait les paroles et nous la chantions ensemble. Il m'avait transmis quelque chose.

Dans l'apprentissage du métier de parent, nous repartons de zéro. Les enfants nous poussent à reconsidérer nos acquis, à envisager le monde d'un œil neuf. Chacun de leurs pas est une reconquête de notre virginité. Les enfants nous rendent meilleurs.

Le stade du *pourquoi* était plus drôle que celui du *où*. Nous avions dépassé depuis bien longtemps cette période durant laquelle l'Enfant découvrait la permanence des choses, comprenant qu'elles existaient en dehors de son regard. Il questionnait alors sans cesse

Où est le train ?
Où est le lapin ?
Où est le saucisson ?

L'Enfant découvrait sa place dans le monde sur le mode interrogatif. J'avais bien l'intention de lui inoculer ma névrose géographique, aussi lui avais-je très tôt acheté son premier atlas.

– Peux-tu me montrer où se trouve le Tadjikistan, mon petit ?

– Il a six mois, espèce de taré, avait soupiré la Femme.

La phase du *où* est suffisamment longue et répétitive pour que l'enchantement finisse par s'émousser, cédant la place à une certaine lassitude virant rapidement à l'exaspération. Il n'existait pas d'étude chiffrée établissant le pourcentage de la population parentale qui avait un jour craqué en répondant « dans ton cul » au bout de vingt-sept questions commençant par *où*. Je connaissais des parents qui avaient craqué, la sanction était immédiate : leurs enfants reproduisaient le schéma. (« Mathis, où sont tes chaussures ? – Dans ton cul, papa. »)

À titre personnel, malgré mes efforts pour être décent, j'avais bien du mal à m'empêcher de proférer quinze « putain » par jour. Aussi, quand je faisais tomber un objet en lâchant « punaise », l'Enfant me reprenait :

– On dit pas punaise, on dit putain.

Toute erreur se paye comptant.

L'Enfant avait désormais trois ans, l'âge des fulgurances poétiques. Il dessinait « un oiseau qui existera plus tard », inventait « une vache qui joue de la trompette », « un train qui mange beaucoup de légumes », « un palmier et un baobab qui jouent à cache-cache ». Il découvrait le principe du jeu de mots. La brosse à dents, formant une bosse sur la joue, devenait « une bosse à dents ». Il articulait la réalité à sa façon, sans s'encombrer de règles, s'étourdissant dans la puissance créative du langage.

Il y avait une face sombre à ce jonglage syntaxique, comme quand il prétendait que

L'hiver, c'est l'été

Avec cette punchline, l'Enfant affirmait son caractère orwellien. Il faisait courber le réel sous le poids de la langue pour en tirer un avantage politique (car il ne déclarait pas cela pour la simple beauté du geste, il avait identifié l'été comme la saison où l'on mange des glaces). C'était peut-être trop tôt pour lui lire des extraits de *1984*.

Armée de son nouveau bagage linguistique, la mauvaise foi de l'Enfant ne connaissait plus de limite.

– Allez, mange tes haricots.

– Je peux pas, j'ai pas de bouche.

Il lançait sa réplique sur un ton où se mêlaient l'effarement et la pitié pour cet abruti de père incapable de voir qu'il n'avait pas de bouche. J'étais pour ma part sidéré par ses talents de comédien et de manipulateur. C'était le prix à payer pour le développement de son imaginaire, que je ne comptais pas brider. L'Enfant tenait de longs conciliabules avec doudou lapin. Il lui racontait ses petits secrets, verbalisant les acquisitions et les émotions du jour face à la peluche à l'odeur douteuse. Inventer des histoires, c'est le privilège – et la grande force – de l'humanité.

– Papa, hier j'ai vu Mafou.

– Qui est Mafou ?

– C'est une copine.

– Je la connais ?

– Non.

– Elle a les cheveux de quelle couleur ?

– Bleus.

– Et les yeux ?

– Rouges.

– Je vois. Et elle habite où ?

– Dans la savane.

– Et Mafou c'est une vraie copine ou tu l'as inventée dans ta tête ?

– Les deux.

Mon fils quantique, désormais équipé pour l'abstraction. Ses connexions cérébrales se multipliaient à la vitesse de la lumière et faisaient surgir les premières questions qui n'ont pas de réponses.

– Papa, ils sont où tes papys ?

Je savais que ça allait venir, mais pas aussi tôt. Je n'avais pas préparé mon laïus. Pris au dépourvu, j'ai dégainé un pauvre :

– Heu, ils sont au ciel.

C'est avec consternation que je constatais qu'en dépit d'un solide agnosticisme mon reliquat judéo-chrétien remontait à la surface en cas de panique. Aller au ciel, c'était joli, mais ce n'était pas vrai. D'ailleurs, l'Enfant m'a démasqué.

– N'importe quoi, un papy ça peut pas voler.

À mon grand soulagement, il n'a pas insisté. Je n'étais pas pressé de lui expliquer que notre dépouille pourrissait sous la terre et que notre âme, si tant est qu'elle existe, devenait autre chose, ou pas.

29

Raphaël Blanc-Gras a vécu une quarantaine d'années en ignorant qu'il avait un morceau de ferraille dans le cul. Dans les années 1980, le père de mon père s'est rendu à l'hôpital pour passer une radio. On a constaté la présence d'un corps étranger dans son fessier. Mon grand-père a dû se gratter la tête et secouer ses souvenirs avant de tirer la conclusion : ce bout de métal ne pouvait être qu'un éclat d'obus. Un stigmate de la débâcle, ancré dans son corps depuis 1940. Il l'a gardé. À quoi bon le faire enlever ? Ça ne le gênait pas. Ce qui le chagrinait a posteriori avec ce postérieur, c'est qu'il aurait pu prétendre au statut de blessé de guerre, avec la pension majorée qui va avec.

Je savais que ce grand-père s'était *fait péter son char par les Allemands en 40*. Il me manquait les détails et il était trop tard pour lui demander des précisions, plus de quinze ans après sa mort. Pour en savoir plus, il fallait là encore tamiser la mémoire familiale. Les grands bordéliques que sont mon père et mon oncle ont réussi à retrouver des pépites dans leur capharnaüm respectif. Des livrets militaires, des états de service, des photos, un fatras de documents disparates, bouts de papier délavés et rongés par le temps, parfois à peine déchiffrables. J'ai recollé les morceaux, trié, scanné, et la vie de mon grand-père s'est assemblée sous mes yeux.

Raphaël Blanc-Gras, que tout le monde appelait Henri – ne me demandez pas pourquoi – est né en 1913 à Prapic, Hautes-Alpes, à 1 556 mètres, là où se trouve aujourd'hui l'entrée du parc national des Écrins. Sous les sommets enneigés du Champsaur, les marmottes gambadent dans les alpages, le paysage est édénique et la vie rugueuse. À l'époque, il n'y a ni eau courante, ni électricité, ni route carrossable. On survit ici depuis des générations en cultivant l'orge et quelques patates sur la terre ingrate des altitudes. On descend au marché à Gap ou à Embrun pour vendre un agneau et quand les temps sont durs, on va déterrer les marmottes pour les bouffer. Le petit Raphaël perd sa mère à l'âge d'un an. Le lendemain des funérailles, son père part au front. Placé dans une famille avec son frère, il travaille à la ferme tout en fréquentant l'école communale. De retour des tranchées, mon arrière-grand-père trouve un emploi à l'arsenal de Toulon, où il s'installe un temps avec ses fils avant de revenir à la montagne. C'est peut-être la vue des marins qui donne l'envie à mon grand-père d'élargir ses horizons. Le jour de ses dix-huit ans, il s'engage dans l'armée, où trois repas par jour sont garantis.

Deux semaines plus tard, le petit paysan du Champsaur débarque à Casablanca. Je le vois descendre du bateau, l'adrénaline de l'inconnu palpitant dans ses veines, les yeux plissés sous cette lumière inédite. Il est affecté au 27e escadron d'automitrailleuses de cavalerie. Son parcours le mène à Zagora, puis à Ouarzazate et Guelmim. Aux portes du Sahara, il devient brigadier, intègre le corps des sous-officiers de carrière, passe maréchal des logis au 4e escadron du 1er chasseurs d'Afrique. Pour son grand malheur, lors d'une permission, il épouse Berthe Disdier, qu'on appelait Maria – ne me demandez toujours pas. Ma grand-mère, dont je ne tiens pas particulièrement à salir la mémoire, mais que tous ses proches, dans un unanimisme rare, décrivaient comme une femme dotée d'un caractère épouvantable. Leur premier fils, mon oncle, naît à Rabat. Ce sont des jours confortables, avec le prestige de l'uniforme et deux domestiques à la maison. Mon grand-père parlera plus tard de cette période marocaine comme de la plus heureuse de sa vie. Neuf ans au soleil. Jusqu'à ses vieux jours, il a conservé sur sa table de chevet une photo encadrée où il pose en soldat perché sur un dromadaire lui-même perché sur une dune. Laissons son livret militaire détailler son physique. *Visage : long. Cheveux : blonds. Front : moyen. Nez : sinueux. Yeux : bleus. Taille : 1,71 m*. J'ajoute : robuste, épaules larges et poitrine profonde. Pas exactement un beau gosse mais sur cette photo il fait penser à Gabin dans *Pépé le Moko*. Il a de l'allure, l'allure de celui qui n'en revient pas de sa chance d'être là. L'exotisme, l'aventure, le statut social du sous-officier colonial, tout cela est inespéré pour un gars du fond de la vallée qui a grandi les pieds crottés par la boue des champs, les perspectives dissimulées par la hauteur des montagnes.

« On s'entendait bien avec les Arabes », disait-il. Pas sûr que l'entente ait été entièrement réciproque. Entre 1907 et les années 1930, la

« pacification » du protectorat oppose les rebelles nationalistes à l'armée française alliée au sultan – le futur Mohammed V. Cent mille morts au bas mot, surtout dans les rangs des rebelles. Le dossier de mon grand-père ne mentionne pas d'engagement au feu et il ne m'en a jamais parlé. Mon père affirme qu'il a combattu aux côtés des goumiers marocains contre les tribus insoumises du Sud. Ce qui est sûr, c'est qu'il a été décoré par le sultan.

Il serait volontiers resté plus longtemps au Maroc mais Hitler avait d'autres projets. En 1940, le devoir militaire l'appelle sur le front métropolitain, dans la Somme. Là, j'ai du matériel : les récits d'engagement tapés à la machine à écrire par le maréchal des logis-chef Blanc-Gras pendant la bataille de France.

Le 23 mai, le 1er escadron du 7e cuirassiers patrouille dans la plaine au sud d'Amiens en soutien de l'infanterie. Chef de char, Raphaël commande un Somua S-35, véhicule fabriqué dans les usines de Saint-Ouen, rapide et équipé d'un blindage en fonte, la fierté de l'armement français. Son groupe en compte dix-huit. Ils sont surpris par l'ennemi dans un bois jouxtant le village d'Hébécourt. *Les Allemands disposent d'armes anti-chars à terre et tirent à moins de 30 mètres, les 4 chars sont détruits et brûlent*, écrit-il dans son rapport. Les rescapés se défendent et courent sous le feu ennemi pour rejoindre leurs lignes. Tous n'y parviennent pas. *Cette journée coûte à l'Escadron 12 Hommes d'équipage dont 3 blessés et 4 Chars ; elle est surtout démoralisante pour les jeunes combattants qui prennent ce jour-là le baptême du feu. Les pertes sont de l'avis des Officiers dues à l'impétuosité de jeunes Chefs non encore aguerris et à l'énervement inévitable après 16 heures de présence dans des Chars précédées d'une nuit sans sommeil.*

Il n'est pas près de dormir tranquillement. Le lendemain, toujours à Hébécourt, l'escadron s'emploie à réduire la résistance ennemie retranchée derrière une crête. *Les Allemands tirent au canon de 77 et de 105 ; les chars répliquent par un tir au canon de 47 à l'obus explosif, ils progressent de quelques centaines de mètres sous le feu violent de l'Artillerie ennemie tirant à vue. Les Chars reçoivent des obus de plein fouet, un Char est en feu, l'équipage ne semble pas s'en apercevoir et continue à tirer, puis, perforé par un obus de gros calibre, les 3 hommes sont carbonisés. [...] Mon Char reçoit à la porte AR droite un obus qui enfonce le blindage mais n'atteint aucun organe essentiel puis la tourelle est touchée et la mitrailleuse mise hors d'usage, un autre obus arrive près du chemin de roulement, des éclats bloquent la tourelle, d'autres pénètrent dans le Char par la fente d'aération et blessent le conducteur à la joue et au nez. Le colonel commandant le 7ème Cuirassiers qui suivait l'avance à pied donne l'ordre de repli.*

Le combat ayant duré moins d'une demi-heure coûte à l'unité 3 hommes et 2 Chars.

Le Chef de Corps avait avant l'attaque réuni les Chefs de Chars et prononcé quelques mots d'encouragement. Sa présence à pied et son calme devant le danger ont été au cours de cet engagement le meilleur des stimulants.

Deux semaines plus tard, le régiment a reculé de quarante kilomètres vers l'ouest. Le 7 juin, le 1er escadron du 7e cuirassiers reçoit l'ordre de se porter au nord de Lincheux pour interdire l'accès du village à l'ennemi. Il dispose de sept chars. C'est loin d'être suffisant pour contenir la quarantaine de blindés allemands qui débouchent des bois en tirant en marche. *Devant une telle supériorité l'Escadron recule lentement tout en ouvrant un feu violent sur les Chars ennemis puis, arrivé à quelques centaines de mètres du village se disperse sans ordre, chaque Chef de*

Char trouve un emplacement lui permettant de tirer à défilement de tourelle ; le front tenu est de plus de 800 mètres et certains des Chars n'ont entre eux aucune liaison à vue. C'est la lutte individuelle qui se prolonge pendant plus de deux heures [...].

Mon Char subordonné est atteint et brûle ; celui que je commandais et qui se trouvait à l'aile gauche du dispositif (défense de la Route Nationale) atteint par des obus perforants et incendiaires a sa porte démolie, sa cuve percée, ne prend pas feu. Le barbotin étant atteint, il gouverne mal ; le canon est en panne, cartouches perforantes épuisées, il se replie.

Les autres Chars bien qu'atteints soutiennent le combat jusqu'à la nuit et se replient au Sud du village [...]. À 21 heures l'ordre est donné au Capitaine Commandant de tenir coûte que coûte en attendant que des canons anti-chars viennent prendre position et que le G.R.D.I.[1] *s'installe à l'entrée du village. [...] À minuit aucun renfort n'est arrivé. Les Conducteurs dorment dans les Chars, les Chefs de voiture et aides-conducteurs veillent pistolet au poing. La veillée est rendue pénible par la rentrée dans nos lignes de fantassins amis cernés par*

1. Groupe de reconnaissance de division d'infanterie.

l'ennemi dans la soirée et qu'il faut arrêter et reconnaître. [...]

À 5 h 30 les Chars allemands s'ébranlent et ouvrent le feu ; le Char de l'Aspirant Commandant le 2ᵉ peloton est atteint et brûle, le Chef de Char et l'aide-conducteur se dégagent et tirent de son siège le conducteur dont les vêtements sont en feu, ils le roulent dans le fossé et l'abandonnent mourant. Le 2ᵉ Char a des difficultés au départ, il est percé à la tourelle et à la chambre de combat ; l'équipage quoique blessé par éclats d'obus s'obstine et peut se dégager ; ne gouvernant qu'avec peine, il est abandonné 2 km plus loin. Le 3ème recule en tirant, pris à partie par des armes anti-chars placées à moins de 200 mètres de la route, il doit à toute vitesse rallier le premier couvert d'où il continue le feu.

Les motocyclistes, au nombre de 18, surpris, se replient et se protègent en roulant à gauche des Chars pour éviter les projectiles venant de la droite mais aucun autre Char ne peut franchir les 2 km les séparant du terrain d'aviation de Camps en Amiénois ; ils sont détruits et les équipages essaient de rejoindre les lignes soit à moto soit à pied en rampant dans les fossés ; 7 motos solos ou sides sont détruits, certains conducteurs quoique blessés rejoignent avec leur machine. Ayant rejoint le P.C. du Régiment les rescapés se replient avec l'E.R.D[1] *à plus de 20 km de là. À noter que les équipages avaient atteint l'extrême limite de la fatigue et que les Chars ne disposaient plus que de 100 litres d'essence au moment où ils furent détruits.*

Voilà comment papy s'est *fait péter son char en 40*, en y laissant littéralement la peau des fesses. Ces scènes de carnage, il ne les racontait, lui non plus, jamais. Le contraste est frappant entre la froideur technique de ces comptes rendus et l'incandescence de l'action qu'ils relatent. Outre leur fonction opérationnelle, ces récits d'engagement écrits au retour des combats devaient avoir leur vertu curative. Évacuation mécanique de l'horreur, mise à distance de la mort. Ce même 7 juin, à quinze kilomètres de là, un homme que Raphaël ne connaît pas, Marcel Gibert, couche lui aussi sur le papier *cette journée de grande bagarre.*

L'armistice est signé deux semaines plus tard. Ce jour-là, un soldat allemand pointe le canon de son Mauser sur le ventre du père de mon père et lui dit « la guerre : *fertig* ». La France s'est effondrée, le maréchal des logis-chef Raphaël

1. Une unité de blindés.

Blanc-Gras est démobilisé. Il s'installe en zone libre, dans la Drôme, où il dégotte un emploi à l'Office national interprofessionnel des céréales, en qualité de contrôleur aux battages. Il s'agit de veiller au respect des réglementations agricoles (si j'ai bien compris), de faire la tournée des paysans du coin. La zone libre est envahie en novembre 1942. Les déplacements sont restreints pour la population mais, par son travail, mon grand-père dispose d'un permis de circuler. C'est un militaire de carrière qui connaît bien le monde rural, je suppose que ça l'aide à entrer en contact avec le maquis. Il se rend utile, porte des messages et des valises bourrées de billets, fait du renseignement. Sa carte de volontaire des Forces françaises de l'intérieur lui attribue le grade d'adjudant, 1er bataillon, 1re compagnie du régiment de la Drôme Nord. Il est incorporé le 10 janvier 1944, cinq mois avant le débarquement de Normandie. Pas un résistant des prémices, pas de la 25e heure non plus.

Paniqués par l'avancée des troupes alliées, les Allemands accentuent leur politique de terreur sur les populations françaises. En juillet 1944, quelques semaines après Oradour-sur-Glane, la Luftwaffe attaque le maquis du Vercors. Elle est appuyée par des Osttruppen (des volontaires russes et ukrainiens) et quelques Français, probablement des gestapistes lyonnais. Le plateau est cerné. Entre le 21 et le 23, une quarantaine de planeurs atterrissent au village de Vassieux. Les résistants sont massacrés, la plupart des maisons incendiées. Environ quatre-vingts villageois sont exécutés – le décompte est imprécis.

Début août, mon grand-père accompagne une équipe chargée de se rendre sur place pour identifier des corps, ce qui dans certains cas se révèle impossible. Il doit sans doute produire un rapport, dont je n'ai pas retrouvé la trace. Il prend aussi des photos. Des années plus tard, mon père demandera à les voir.

– Je les ai brûlées.

– Mais enfin pourquoi ? C'était des documents historiques.

– Si tu les avais vues, tu aurais fait pareil.

À propos de Vassieux-en-Vercors, il se dit que les assaillants ont fait preuve d'une barbarie inhabituelle jusqu'alors. J'ai eu la mauvaise idée de consulter des témoignages détaillant les tortures et mutilations pratiquées sur les civils, femmes, vieillards, enfants, bébés. Je le regrette. Et je vous les épargne.

Peu après, mon grand-père est de nouveau sollicité, comme l'indique cette citation à l'ordre de la brigade des FFI : *L'Adjudant Blanc-Gras Raphaël, Sous-officier attaché au P.C. du commandant du secteur Drôme Nord est envoyé en mission de renseignement le 26 août 1944 à Tain-l'Hermitage occupé par les Allemands. Arrêté, subit un interrogatoire serré, déjoue les questions qui lui sont posées, réussit à s'échapper et à rejoindre son Commandant, rapportant ainsi des renseignements précieux.*

D'après le récit de mon oncle sur cet épisode, mon grand-père est passé très près ce jour-là, ne devant sa survie qu'à un faux laissez-passer dont les Allemands n'ont pu vérifier l'authenticité à cause d'une ligne téléphonique défaillante. Vertige de l'effet papillon : un téléphone fonctionne en août 1944, je n'existe pas.

À la Libération, sa joie est obscurcie par le cynisme des opportunistes qui deviennent résistants une fois l'occupant vaincu. On lui demande de siéger dans les tribunaux improvisés de l'épuration. Le vent mauvais de la vengeance l'écœure. Il assiste impuissant aux règlements de comptes privés et aux verdicts dégueulasses. Des femmes sont tondues et même exécutées pour avoir servi dans des cafés fréquentés par l'ennemi. Il gardera un souvenir amer de la justice populaire virant à la mascarade sordide.

Après-guerre, Raphaël prend sa retraite militaire et travaille à l'ONIC, tranquille fonctionnaire des céréales à Saint-Étienne pendant trente ans. Il joue à la belote avec les copains pour échapper à son dragon domestique et se fait du souci pour ses deux garçons fâchés avec l'école, mais qu'est-ce qu'on va faire d'eux ? À l'heure de sa seconde retraite, il revient s'installer dans ses Hautes-Alpes natales pour déprimer au soleil en attendant la fin.

Pour ses faits d'armes, l'adjudant-chef Blanc-Gras a reçu un tas de breloques (croix de guerre avec palme et étoile de bronze, notamment) qui, si elles ont leur importance symbolique, restent de dérisoires bouts de ferraille attribués au prix d'insondables traumatismes intérieurs. Mon grand-père était un grand malade, trente ans sous insuline. Enfant, je lui ai demandé comment on attrapait le diabète. « Ça peut être déclenché par des émotions fortes. Et moi, j'ai eu de très grandes frousses dans ma vie. »

Ainsi, ce grand-père que je voyais comme un brave homme usé et soumis à sa mégère a été un espion de la Résistance qui, capturé par les Allemands, était parvenu à s'échapper par la ruse. Papy, ce James Bond. Je n'ai appris qu'après sa mort ses activités de résistant. S'il s'en était ne serait-ce qu'un tout petit peu vanté, j'aurais pu l'encourager à parler. Mais non, pas un mot à ses petits-enfants. Pas un mot pour leur dire qu'il était du bon côté de l'Histoire, sur ce coup-là.

C'est à ce même homme que je demandais « que fais-tu en ce moment ? » et qui répondait, écrasé par la lassitude, « bof, comme d'habitude, le ménage, les courses, la vaisselle... ». Ce grand-père aux yeux tristes décrit dans les citations officielles comme un *brillant chef de char, intelligent et courageux*, qui peinait à manœuvrer sa Peugeot 205 sur le parking du Géant Casino. Ce grand-père massif et fragile qui avait toujours un sucre dans la poche pour parer à ses chutes de glycémie. Ce grand-père un peu lointain, que je n'ai jamais vu rire, qui fabriquait des arcs et des flèches avec des bouts de bois pour le petit garçon que j'étais.

Je l'ai mal connu, finalement, ce vieux. Je m'en veux un peu, j'aurais pu mieux faire. Mais quand on a juste quinze ans, on n'a pas le cœur assez grand. J'allais lui rendre visite avec mon frère, dans des établissements peuplés de pensionnaires déjà à moitié morts. Nous nous armions de notre humour noir pour supporter le spectacle odorant de la décrépitude. À chaque fois, on l'avait amputé d'un nouveau doigt de pied.

Il nous accueillait en fauteuil roulant dans une chambre où était accrochée la photo d'un jeune soldat perché sur un dromadaire lui-même perché sur une dune. C'est le diabète qui a emporté Raphaël Blanc-Gras, à quatre-vingt-huit ans. Une nouvelle preuve que le sucre est plus dangereux que les bombes.

30

J'ai tellement hésité à me reproduire. Devait-on faire un enfant dans ce monde-là ? Étais-je prêt à sacrifier mon égoïsme ? J'ai tellement hésité que j'en ai fait un livre[1], un récit de grossesse dont l'action se passe dans le ventre de la Femme (c'est pour cette raison qu'elle n'apparaît qu'en filigrane ici, je la laisse un peu tranquille). La paternité, cet aller sans retour, est devenu le voyage le plus contraignant et le plus constructif que j'aie entrepris. J'ai gagné en sens ce que j'ai perdu en liberté. C'est un deal raisonnable.

Mes grands-pères, par définition, ont fait des enfants. Après la guerre. Après avoir frôlé la

1. *In utero*, un beau cadeau à vous offrir si vous attendez un heureux événement.

mort, survécu à la défaite et la captivité, après avoir côtoyé le tréfonds le plus abject de la nature humaine, en la connaissant mieux que je ne la connaîtrai jamais – j'espère, du moins.

Ils y sont allés.

Ils avaient la trentaine, avaient déjà beaucoup trop vécu et aspiraient à une deuxième vie. Ils ont fait des enfants et ont mené des existences normales, profitant d'une paix qu'ils devaient savoir jamais acquise avec certitude sur le long terme, regardant pousser leur descendance largement ignorante de leurs épreuves, espérant sans le dire que celle-ci resterait préservée des ténèbres.

Avoir des enfants pour re-vivre. Pour contrebalancer l'absurdité de leur passé (ils se sont fait tirer dessus par des inconnus, ils ont tiré sur des inconnus, quoi de plus con ?) et générer de l'avenir. Pour se remettre du côté de la lumière. Ce n'est pas original, tout le monde a fait pareil, on a appelé cela le baby-boom. Il y en aurait eu un à New York à l'été 2002. Et ça baisait beaucoup à Paris, fin 2015. On obéit à la pulsion vitale, à notre chimie souterraine, à nos processus d'espèce guidant l'impératif de repeuplement. On se prolonge.

Mon père est né le 7 mai 1945, la veille de l'armistice. Neuf mois après que son père a échappé de justesse au peloton d'exécution allemand.

J'ai évoqué ce timing troublant avec une amie, trentenaire, qui essayait d'avoir un bébé depuis longtemps, sans succès. Après le 13 novembre, elle s'est dit que peut-être, finalement, non, il valait mieux abandonner l'idée.

Elle est tombée enceinte en décembre 2015.

Il y a des épisodes héroïques, et d'autres moins, dans les destins de mes grands-pères, qui sont néanmoins banals pour cette génération. Rappel du bilan de la bataille de France : près de 59 000 tués au combat, 123 000 blessés, 2 millions de prisonniers. Nos vieux ont vécu avec les lésions de leur jeunesse guerrière, qui étaient d'une autre ampleur que les nôtres. Sursautaient-ils en vain au moindre bruit soudain ?

En 1945, l'expression *stress post-traumatique* n'existait pas, il n'y avait ni cellule psychologique, ni sas de décompression avec piscine à Chypre, où les armées françaises accueillent aujourd'hui les soldats revenant d'opérations extérieures en Afghanistan ou au Mali. Il fallait se débrouiller avec ses déchirures. Ceux qui perdaient pied, qui n'étaient plus aptes à la vie civile, finissaient à l'asile.

Mes deux grands-pères sont revenus de la guerre abîmés mais pas fous. Fonctionnels. Ils avaient tous deux méthodiquement couché leurs batailles sur le papier. Ils n'écrivaient pas pour être lus. L'écriture faisait office de divan. Dans quel état mental auraient-ils navigué par la suite sans cette bouée ?

Mes grands-pères se sont battus, ont écrit et se sont tus. Ils ont été héroïques et sont revenus à des petites vies modestes. Sans la ramener. Eux qui ne disaient rien, nous qui parlons trop.

Nous parlons trop et on ne s'entend pas. Des enfants de colonisés, des petits-enfants de déportés, des arrière-arrière-petits-enfants d'esclaves se livrent à une concurrence victimaire féroce qui crispe l'ensemble de la société. C'est une sale bataille où tout le monde perd. On préfère s'engueuler à propos d'hier plutôt que de construire demain. (Si vous n'êtes pas d'accord, comparez les audiences des articles sur les polémiques mémorielles et de ceux traitant de l'environnement.)

C'est important, bien sûr, de connaître les crimes et douleurs du passé, mais nous avons tous des ancêtres assassins et des ancêtres assassinés. À un moment ou à un autre, d'où que vous veniez, le village de vos aïeux a été ravagé par des barbares quelconques et, dans leurs représailles, vos aïeux sont à leur tour devenus les barbares. Nos générations préservées, dans une ellipse du tragique, n'ont pas subi la guerre sur leur territoire. Engourdie par le confort, notre capacité de résistance s'en trouve amoindrie. Le vécu de nos prédécesseurs nous semble insupportable, scandaleux en comparaison. Et quand la violence ressurgit, sa longue absence démultiplie son impact.

Mes grands-pères, comme tant d'autres, ont été des victimes de l'Histoire. Leur souffrance n'est pas la mienne. Je n'ai pas à demander réparation. Parce que nous, les vivants, les valides, ne sommes pas des victimes. Le respect que l'on doit aux morts d'hier et d'aujourd'hui exige de ne pas s'approprier leur douleur.

Nous sommes pourtant des héritiers. Les paroles ou les écrits familiaux que nous récoltons remplissent nos bagages intimes. Les tempéraments se propagent suivant des méandres tortueux qui nous modèlent à notre insu. Un geste, une inflexion de voix, un silence, un regard de parent orientent la personnalité d'un enfant. Cette imbibition culturelle ne génère qu'une partie de notre conditionnement. La science l'a démontré : un caractère acquis peut se transmettre génétiquement. Notre codage cellulaire se modifie sous les traumas. Des études menées sur les souris révèlent que les individus soumis à des stress importants transmettent leurs angoisses, via leurs spermatozoïdes, aux deux générations suivantes. On a décelé, chez les descendants des survivants de la Shoah, de faibles taux de cortisol dérégulant les mécanismes de gestion de l'anxiété. L'effet papillon agit jusque dans nos chromosomes.

Je ne suis pas une victime mais je ne serais pas la même personne si l'un de mes grands-pères n'avait pas passé cinq ans en captivité et si l'autre n'avait pas vu la mort en face dans son char. On ne peut pas faire disparaître un événement. Leurs blessures ne sont pas les miennes. Elles m'habitent toutefois, même si je ne les ressens pas. Elles coulent dans mes veines.

Deux générations, c'est un gouffre, surtout lorsque les temps s'accélèrent. Mes grands-pères sont loin, nos vies ne se ressemblent pas. Je reconnais pourtant leur souffle dans certaines de mes attitudes, une tournure de phrase, un réflexe social, un travers ou une vertu. La quête du mot juste, c'est Marcel, qui a édité de la copie pour la presse régionale pendant des décennies. Le goût de l'inconnu, c'est Raphaël, qui a tôt quitté ses montagnes pour s'acheter un destin au-delà des mers. Je leur dois ces bouts de moi. Ça crevait les yeux et je ne le voyais pas. Relire le passé m'a permis d'avoir une conscience plus fine de ce qui passe à travers moi. D'orienter ce que je vais léguer. On peut choisir la meilleure part de soi pour la diffuser à ceux d'après. On gagne une légère prise sur l'Histoire en écrivant la sienne.

Pour rendre hommage à celle de mes aïeux, je ne peux qu'offrir ce petit mausolée de papier, qui sera remis à la génération suivante.

31

Je suis allé chercher un colis à la poste. J'admets que cette phrase est sans doute la plus ennuyeuse de l'histoire de la littérature mais je ne pouvais pas y couper pour raconter l'épisode qui suit. À ma grande surprise, j'avais développé une sorte de plaisir pervers à me rendre à la poste. Le service public offrait des interstices où l'on pouvait établir une relation verbale avec des gens vieux, gros ou moches, salutaire injection de chair réelle dans nos quotidiens s'effritant dans la dématérialisation marchande. Une vraie mixité sociale venait chercher ses colis sous les néons, car nous étions tous égaux devant le facteur qui dépose un avis de passage sans sonner à votre porte (parce que les facteurs sont des feignasses, si vous êtes de droite, ou parce qu'ils sont pressurés par les cadences impossibles imposées par des méthodes de management glaciales, si vous êtes de gauche).

Je patientais dans un ennui paisible, du rap de vieux dans les oreilles, quand un début d'esclandre a éclaté dans la file d'à côté.

– Monsieur, j'étais là avant vous.

– Non, je suis arrivé avant.

– Je me suis assis sur le côté une minute pour me reposer mais j'étais là en premier.

– Il ne faut pas s'asseoir, sinon vous perdez votre place.

Intervention du guichetier :

– Vous arrêtez ça tout de suite ou je ferme la boutique et personne sera servi.

– Je suis arrivé avant.

– Mais non.

Le ton est monté, j'ai monté le son.

– Maintenant, vous fermez vos gueules, a aboyé le guichetier en ouvrant grand sa gueule.

Remous d'indignation. Le bureau de poste commençait à frémir d'une de ces petites houles précédant la tempête.

– Vous ne pouvez pas parler comme ça aux usagers !

Le guichetier de ma file d'attente défendait son collègue :

– Il met de l'ordre, c'est normal.

– C'est pas normal de manquer de respect.
– J'étais avant vous.
– Non, c'est moi.

La vague de tension grossissait, l'adrénaline et le stress se diffusaient dans les ventres. Il faut préciser que les protagonistes étaient d'origines variées, ce genre de confrontation fait vite remonter les tensions interraciales. Je leur donnais deux minutes pour se traiter mutuellement de raciste et/ou de terroriste. Un attentat avait été déjoué la semaine précédente, des manifestations dégénéraient, l'angoisse pelotait les nerfs des braves gens. Alors que les belligérants continuaient à s'invectiver, un homme qui me ressemblait un peu s'est avancé au milieu de la pièce, entre les deux files, les bras écartés, paumes vers le bas en signe d'apaisement. Il a articulé d'une voix à la fois douce et autoritaire :

– Hey, ça sert à rien de se prendre la tête pour des conneries. C'est pas grave, une place dans une file d'attente. C'est. Pas. Grave. Alors on redescend, OK ? Le monde a besoin d'amour, alors vous vous calmez tous.

Le plus étonnant, c'est qu'ils ont tous obéi, muets, pantois, décontenancés. L'homme qui me ressemblait un peu a rejoint sa place dans la file d'attente en soupirant. La dame derrière lui a glissé :

– C'était un poil hippie votre tirade quand même.

Mais ça avait marché, plus personne ne bronchait. Les initiateurs de l'embrouille regardaient leurs chaussures, honteux comme des enfants qui se savent fautifs. La foule apaisée est repartie dans ses pensées et chacun a regagné sa bulle. Le guichetier arborait un large sourire en me tendant mon paquet. J'ai replacé les écouteurs dans mes oreilles et je suis sorti avec mon colis sous le bras. C'était un livre.

J'ai ouvert le colis et le livre qui se trouvait à l'intérieur. C'était un petit document à 3 euros, destiné au grand public et intitulé *Paroles d'exode*, une compilation de lettres et de témoignages de Français en mai et juin 1940. Sous la plume d'écrivains, d'hommes politiques ou d'anonymes, on touchait du doigt l'intimité de l'époque, l'angoisse, la panique et déjà le rebond des esprits refusant la soumission. L'intérêt du carnet de mon grand-père maternel dépassant celui d'une simple archive familiale, j'avais pris la liberté de le faire parvenir à quelques historiens. C'est ainsi que des extraits de la prose de Marcel Gibert figuraient dans l'ouvrage en question, entre celles de Jean Moulin et Saint-Exupéry, dans un compagnonnage posthume qu'il devait être loin d'envisager au moment d'écrire. On ne sait jamais où peuvent atterrir des mots posés sur une feuille blanche.

Mon petit,

Je t'écris de New York, New York, USA, qui peut être considérée, aujourd'hui encore, comme la capitale du monde. Ici, les immeubles sont si hauts qu'ils semblent toucher la lune et la statue de la Liberté veille sur cette cité peuplée de gens venus de partout dans l'espoir d'une vie meilleure. Cela dit, Donald Trump grimpe dans les sondages. S'il devient président, j'espère qu'il n'abîmera pas trop la planète sur laquelle tu grandis. Mais soyons sérieux : il n'a aucune chance d'être élu.

Love you.

Papa

32

L'Enfant voyageait surtout dans le 19e arrondissement. Il grandissait dans la rue du restaurateur japonais à l'accent pas possible, du bistrot kabyle où on était toujours bien reçu, de la boutique de l'Indien qui m'avait arnaqué en changeant la batterie de mon iPhone (elle était morte trois semaines plus tard), de la bouchère certifiée 100 % française qui encaissait bien les 2 centimes sur une note à 24 euros et 2 centimes. Moni, l'épicière bangladaise, avait revendu son affaire, vaincue par le mauvais sort.

Lors des canicules, l'Enfant s'offrait une escapade aquatique en se baignant tout habillé dans la fontaine de la place Stalingrad. D'autres gosses jouaient au foot sur l'esplanade, de jeunes adultes descendaient des demis en terrasse avec vue sur le canal de l'Ourcq. Une femme-zombie, sans âge, amorçait sa descente de crack en s'accrochant aux cinéphiles venus acheter un coffret Wes Anderson à la librairie du MK2, là où un cinglé poignardera sept passants au hasard quelque temps plus tard.

Perchées sur les marches entourant la place, des centaines de personnes récitaient en chœur

Comment tu t'appelles ?
Je cherche le métro
J'ai mal au dos

Les réfugiés suivaient leur cours d'initiation au français en plein air, agglutinés dans un amphithéâtre urbain improvisé. Une enseignante bénévole pointait de sa baguette les phrases sur un tableau blanc, don Quichotte animé par la volonté de dissoudre la fatalité dans la grammaire. Sous le métro aérien, des milliers d'êtres humains venus d'Afrique ou du Moyen-Orient dormaient dans des tentes ou sur des cartons, parfois en famille. La police les délogeait. Ils revenaient. Puis la police les délogeait. Et ils revenaient. Des dizaines de fois.

Mon fils dégoulinait, radieux, en sortant du bassin. Il ne s'inquiétait pas des bidonvilles sous le métro, c'était pour lui un paysage du quotidien. Il ne s'interrogeait pas non plus sur l'activité des Chinoises fanées arpentant jour et nuit le boulevard de la Villette. (C'est très simple, fils, ces dames viennent d'une région industrielle du nord de la Chine où leurs usines ont fermé, alors elles ont tenté leur chance en France sans savoir qu'elles resteraient coincées ici sans papiers à faire dix passes par jour pour rembourser des mafieux.)

Je séchais l'Enfant, le changeais (j'avais toujours un short et un T-shirt de secours) et le prenais par la main pour slalomer à travers la grande collision des mondes.

Dans les couloirs du métro, une femme agenouillée devant une pancarte *Help syrian refugee*. Elle présentait tous les signes de l'épuisement, sans doute parce qu'elle venait de traverser l'Europe à pied. Sa petite fille, sept ans peut-être, portait un serre-tête avec des oreilles en forme de cœurs clignotants et sautillait gaiement en frappant des mains, comme une petite fille de sept ans.

Mon fils agitait la main pour faire coucou aux conducteurs quand les trains arrivaient sur le quai, et les conducteurs répondaient toujours.

Dans la rame, nous étions assis près de collégiens qui commençaient toutes leurs phrases par « sur le Coran », « wallah » ou « La Mecque », comme des signes de ponctuation. Ils s'accordaient à dire que Tupac n'était pas mort et qu'on nous cachait la vérité sur ces histoires d'attentats. L'un d'entre eux affirmait que Ben Laden n'avait jamais existé, c'était une invention des Américains.

– La Mecque, mais non, là t'abuses, avait objecté un de ses camarades qui, dans un conspirationnisme au carré, doutait du complot.

Ils étaient nés après le 11-Septembre et ils tenaient pour acquise l'idée qu'il n'y avait pas de juifs dans les Twin Towers ce jour-là, « comme par hasard ». C'était juste des adolescents, des adolescents nourris à la gratification paranoïaque, qui grandissaient dans une dimension parallèle.

On côtoyait le malheur, la bêtise, et quelquefois la haine qu'engendre leur union. Dans les allées des Buttes-Chaumont, j'avais vu un colosse tatoué effectuer un salut nazi en éructant, devant des promeneurs pétrifiés. Un ami avait assisté à une embrouille dans un magasin de Barbès durant laquelle un barbu avait promis de « niquer tous ces bâtards de Français ». Ces gars-là, ils existaient. Ils avaient été des bébés, un jour.

Avenue Simon-Bolivar, les drapeaux tricolores apparus aux fenêtres après le 13 novembre s'étaient envolés. Devant chez moi, un grand panneau publicitaire invitait le public à se rendre au Salon du survivalisme. Tout un tas de gens prenaient leurs dispositions en vue de l'Apocalypse et j'avais beau me répéter que le monde allait mieux, la température était vraiment trop élevée pour la saison.

Nous avons croisé ma voisine-sorcière, celle qui avait un problème avec les poussettes. Elle était tout miel, tout fiel depuis qu'elle avait compris que ses coups de pression ne fonctionnaient pas. Elle a joué la carte de la flatterie sur l'Enfant, « oh mais qu'il est mignon, comment il s'appelle déjà et tu as quel âge mon grand ? ». L'Enfant, qui du fond de son instinct avait débusqué la vipère, s'est renfrogné, silencieux et tendu, avant de lui répondre « caca boudin » et de détaler. C'est tout de même un privilège invraisemblable d'avoir trois ans, on ne vous tient pas vraiment rigueur de ce type de comportement. Songez au nombre d'interactions sociales où vous auriez aimé agir de la sorte plutôt que parler de la météo avec des cons.

Cent mètres plus loin, Abdel prenait sa pause cigarette devant le café vegan. Comme j'avais un chat dans la gorge à cause de la pollution, je lui ai commandé un grog. Abdel a secoué la tête. Il pouvait me préparer un grog, mais sans miel, pour ne pas exploiter les abeilles. Il a pris l'Enfant dans ses bras, même si celui-ci, opportuniste, se montrait moins coopératif depuis que l'aquarium avait disparu. Un réalisateur de cinéma qu'on pouvait raisonnablement qualifier de génie buvait un coup en terrasse. Il travaillait souvent dans les bars du coin, ombrageux, absorbé par ses notes. Il y donnait rendez-vous à des actrices célèbres que je faisais semblant de ne pas remarquer.

– Passe devant lui avec l'Enfant, ai-je glissé à l'oreille d'Abdel. On ne sait jamais, il a peut-être un rôle pour lui dans son prochain film.

Le réalisateur n'a pas jeté un regard à mon fils dont le potentiel dramatique sautait pourtant aux yeux. L'Enfant ne lui avait pas accordé un regard non plus, tout accaparé par le spectacle d'un véhicule de police fonçant toutes sirènes hurlantes.

Sur un banc voisin, vigie de la rue, se tenait le vieux SDF du quartier qui cabotait dans les parages depuis toujours, un clodo à la Boudu, grosse bedaine, barbe fournie et deux gros sacs plastique en guise de capital. Il interpellait les passants de sa voix flûtée, jamais agressif. Son état déclinait lentement, des croûtes inquiétantes grignotaient son visage et il ne fallait surtout pas regarder ses pieds. Je l'avais vu un jour à la caisse de la supérette. Il achetait des yaourts bios.

Dans les travées du Carrefour Market, mon fils la balance a cru bon d'annoncer à la cantonade « moi je vais chercher des bières pour mon papa », ce qui a fait pouffer la petite mamie qui choisissait ses poireaux. Puis mon fils le menteur m'a juré qu'il avait très faim pour négocier une sucette alors qu'il venait de s'enfiler deux brioches au chocolat. Devant mon refus, mon fils la *drama queen* a pleurniché qu'il avait « le triste dans la tête » et « le cœur tout cassé ».

Mon fils le mélomane s'est consolé en admirant les guitares dans la vitrine du Cash Express, ce mont-de-piété contemporain qui ne désemplissait pas. De mon côté, je me suis frotté les yeux devant les annonces de l'agence immobilière. Pour le prix d'un mètre carré dans l'arrondissement le plus pauvre de Paris, on pouvait acheter une voiture. Plusieurs couples de mes amis avaient quitté la capitale car ils n'avaient plus les moyens d'y élever un enfant. On commençait à voir des individus avec des pulls noués autour des épaules rôder dans le quartier. Ils se risquaient à investir les zones cosmopolites et découvraient les attraits sulfureux des hauteurs populaires.

Rue de Belleville, au niveau du métro Pyrénées, on pouvait voir la tour Eiffel clignoter à la nuit tombée. Les réfugiés soudanais passant par là devaient s'extasier une minute devant la féerie avant de retourner survivre.

Nous sommes retournés à la maison, c'était l'heure de préparer des coquillettes au jambon. Sur le mur de mon immeuble, quelqu'un avait écrit

Solidarité avec les

Le week-end, profitant de l'ombre dispensée par les platanes de la rue Botzaris, des vieux jouaient aux boules. C'est toujours bon signe quand les vieux jouent aux boules. Un groupe de touristes suivait le drapeau jaune du guide sur les chemins des Buttes-Chaumont. C'est bon signe aussi, le retour des touristes.

Mon fils le fanfaron courait « à plus de 1 000 km/h encore plus vite que l'éclair » sans penser à sa destination. Il s'arrêtait pour observer des oiseaux picorant quelques baies. Il distinguait désormais les merles des corneilles et tendait l'oreille au chant de la tourterelle.

Vers l'aire de jeux, un attroupement a attiré son attention. De la musique, de la danse, des youyous. Un mariage marocain en grande pompe. Les hommes circulaient avec de grands plateaux pour distribuer des pâtisseries aux badauds.

La bouche pleine de loukoums, l'Enfant a demandé :

– Papa, tous les gens, ils sont gentils ?

Dans ma tête : non, pas tous, loin de là, il y en a qui torturent, tuent et mangent d'autres gens, et il y en a même qui ne trient pas leurs déchets.

Sur mes lèvres :

– La plupart des gens sont gentils.

Mon quartier n'est pas Paris et Paris n'est pas la France, mais cet endroit où je vis condense le monde où l'on vit. Il y a l'opulence et la misère, la beauté et la violence, le génie et la folie de notre époque. Il y a surtout ce qui se remarque à peine, les petits gestes qui ne se notent pas et constituent pourtant la pulsation quotidienne d'une ville.

Tous ces univers se retrouvent les jours de marché sur la place des Fêtes. Les humains, si différents soient-ils, ont en commun le besoin de se nourrir et de rencontrer d'autres humains. J'aimerais pouvoir dire que tous ces gens vivent-ensemble. Ce serait exagéré. Ils se côtoient sans vraiment se connaître. Ils se supportent, la plupart du temps. Ils surpassent leur méfiance réciproque pour exister sur le même territoire au jour le jour, dans une concorde non formulée.

On pouvait craindre qu'une étincelle suffise à tout enflammer.

Des étincelles avaient jailli.

Nous n'avions pas pris feu.

33

Nous roulions vers le centre de la France, comme le défilé des champs, des collines et des villages à clochers le signalait. Un lapin traversait la route de temps à autre, ma main était posée sur le genou de la Femme, l'Enfant chantait *Yellow Submarine* dans son siège, ne s'interrompant que pour prononcer le mot « vache » à chaque fois qu'il en voyait une – et il y en avait beaucoup.

Je rêvassais au volant et la succession des bovins m'a renvoyé à mon dernier voyage en Inde. Un regrettable concours de circonstances m'avait conduit à loger au Planet Hollywood de Goa. Dans ma chambre, c'est suffisamment rare pour être signalé, trois grands portraits d'Adolf Hitler trônaient au-dessus de mon lit. Bien sûr, il s'agissait de Charlie Chaplin dans *Le Dictateur*, mais ça causait un petit choc en rentrant de la plage. Le soir, au restaurant de l'établissement, on m'avait proposé de consulter l'astrologue de la maison. Pourquoi pas ? Ça pouvait être amusant. Le devin s'est présenté à la table. Tunique dorée, crâne rasé, grosse bouille joufflue, voix calme et manières douces, la dégaine qu'on attend d'un mage dans un *Tintin*, avec une touche de folklore new age pour répondre aux attentes de la clientèle. Il a pris une jeune femme à part pour une première consultation. Elle est revenue en larmes. Il lui avait prédit qu'elle n'aurait jamais d'enfant.

Mon tour est arrivé. Je prenais cette comédie à la légère, peut-être même avec un peu de dédain. Je n'avais jamais été sensible aux sirènes du paranormal, j'étais cartésien, ce mage de bande dessinée n'allait pas me la faire à l'envers.

Dix minutes plus tard, je revenais à table avec une boule dans le ventre et le cerveau en toupie. Le charlatan m'avait retourné.

Il avait commencé par me donner sa carte de visite avant de s'engager dans un petit laïus décrivant ma personnalité. Quelques phrases avaient suffi pour que je me décompose, ma carapace d'ironie en lambeaux. Comment décelait-il tout cela ? Il a ensuite observé les lignes de ma main pour m'annoncer un gros problème, un accident ou une maladie grave, dans les années à venir. Je n'allais pas mourir, non, mais c'était sérieux. Il a conclu en m'assurant que j'étais une personne exceptionnelle. Merci, bonsoir, à la prochaine.

Je me suis repassé la scène dans mon lit avant de m'endormir. Le gourou de pacotille avait d'abord énoncé des généralités qui pouvaient s'appliquer à tout un chacun, en s'adaptant au client dont il a déchiffré le profil en un clin d'œil – c'était là son grand talent de morphopsychologue. Après avoir démontré ses compétences et assis sa crédibilité, il avait proféré une menace pour créer la peur et le besoin, puis une flatterie pour rassurer et se poser en solution. Il vendait le poison et l'antidote, c'était peu ou prou la même technique que les tortionnaires. Ce gars devait bien gagner sa vie. Allongé sous un portrait d'Hitler, je réalisais qu'escroc c'est un vrai métier. J'avais rationalisé l'épisode et je n'y pensais plus le lendemain. Mais j'y repensais des mois plus tard, au volant d'une voiture filant vers le soleil des vacances, une main sur le genou de ma femme. Pouvoir persistant des mots choisis. Enfoiré.

Nous avons bifurqué sur une route étroite, deux voitures ne pouvaient pas se croiser, et je me suis garé dans un hameau de quatre maisons, caché au bas d'un vallon. Nous étions loin de tout, loin de toute fureur. La vieille bâtisse familiale qui nous accueillait était mal foutue et chaleureuse, avec des siècles dans les poutres. Une rivière coulait au fond du jardin, avec des papillons pour que les enfants s'esbaudissent et des orties pour que les enfants apprennent à vivre. La marmaille butinait autour de la balançoire. Je vidais le coffre de la voiture lorsqu'un garçon de cinq ans s'est adressé à moi :

– Tu as quel âge ?

– Écoute, il se trouve que j'ai quarante ans aujourd'hui.

Le petit m'a dévisagé en souriant.

– Ça veut dire que tu vas bientôt mourir ?

Je basculais dans le camp des pas jeunes (j'ai du mal à écrire « vieux ») et il n'y avait pas que les gamins pour me le rappeler. Un homme né après moi s'apprêtait à devenir président de la République. Cas de figure rarissime, le futur nouveau patron n'avait pas de descendance. Dans la plupart des sociétés, on est inapte à diriger la cité si on ne dirige pas une famille. Être un papa confère le minimum de respectabilité requise pour être un chef. (J'en avais eu la confirmation quelques mois plus tôt à la chefferie de Batoufam, Cameroun. Suivant la tradition bamilékée, le nouveau roi ne peut pas être adoubé tant qu'il n'a pas engendré un garçon et une fille. Il est donc reclus dans son palais, confiné jusqu'à la naissance de deux héritiers de sexes différents. Pour que ça ne dure pas des années, magie de l'Afrique, on met à la disposition du roi une gigantesque quantité d'épouses.)

J'avais quarante ans, l'âge où on ne peut pas s'empêcher de dresser des bilans parce que la moitié de la vie s'est statistiquement écoulée. Est-ce que je devenais un vieux con ? Un faisceau d'indices concordants semblait l'indiquer. Il m'était arrivé de sortir de chez moi avec un parapluie *au cas où* il pleuvrait. Et il ne fallait pas trop me pousser pour que j'affirme que le dernier album de rock valable datait de 1997. Ma situation n'était pas désespérée pour autant, je n'avais aucune envie de m'acheter une Porsche.

J'avais quarante ans, je ne possédais rien et je ne manquais de rien. J'avais fait un enfant, planté un arbre, écrit des livres. J'étais écrivain, c'est-à-dire que je me demandais chaque jour ce que j'allais faire de ma vie – un bon truc pour rester jeune. C'était un luxe et une torture. J'étais parfois traversé par le remords d'avoir gâché du temps, je m'en accommodais en me disant que les heures perdues ne le sont pas tout à fait si on les a passées à rêver. J'étais insatisfait et ça me convenait très bien.

J'avais quarante ans et la volonté d'accélérer au moment où je devenais moins rapide, où mon corps venait me rappeler qu'il imposait des limites, avec le bas du dos qui tire les lendemains de fête. J'avais quarante ans, 6972 photos de l'Enfant dans mon téléphone et presque autant de projets sous le crâne.

Je n'étais plus la même personne qu'à vingt ans, je n'avais pas l'impression de m'être trahi pour autant.

J'avais quarante ans et des poils qui poussent dans les oreilles.

J'ai quarante ans, un enfant crie « joyeux anniversaire papa » et je suis éternel.

Des saucisses grillaient sur un barbecue, des restes de goûter traînaient sur la table, un ami jouait de la guitare des espadrilles aux pieds et de la gomina dans les cheveux, un autre imitait Jacques Chirac pour faire rire des enfants qui ne connaissaient pas Jacques Chirac. Une mère racontait que son fils de quatre ans saluait les militaires postés dans sa rue en leur tapant dans la main. Une autre avouait qu'elle n'emmenait plus ses filles au marché. Quelqu'un a dit que les enfants ne sont pas protégés si les parents ont peur. Mila est venue rapporter qu'Oscar faisait rien qu'à l'embêter et Simon a répliqué que c'était même pas vrai. Quelqu'un a dit que les attentats nous poussaient à faire table rase du superficiel. On se concentre sur l'essentiel, on se pose les bonnes questions, qui on aime ?

Je suis allé retourner les saucisses sur la braise. La Femme enchaînait les cigarettes et les anecdotes, on entendait son rire à des kilomètres. Une jupe blanche et courte frôlait sa peau dorée. La cicatrice sur son genou s'était estompée, sans disparaître tout à fait. Elle la gardera toute sa vie. L'Enfant, muni d'un bâton, poursuivait un animal imaginaire en chantonnant

Je chasserai le grand bison
Nagawika, Nagawika

J'ai failli m'étouffer avec une madeleine en reconnaissant la comptine que j'avais apprise à l'éveil musical trente-cinq ans plus tôt. Ce n'était pas la première fois qu'une telle réminiscence me percutait. L'observation de l'Enfant réactivait des sensations lointaines, dévoilant par bribes l'édifice immense du souvenir. Le bruit du ballon tapant contre un mur, l'odeur du feutre sur le papier me téléportaient sans sommation en 1983. Je voyais ma propre enfance éclore du brouillard.

Il ne me ressemble pas beaucoup, ce gamin, sur la photo. Il porte les gènes de sa mère sur son visage. Pourtant, ce sourcil haussé, ce sourire en coin, cette tournure de phrase, c'est moi, un mini-moi. Joli petit miroir, cruel et sans filtre, affinant sa singularité au fil du temps à partir des reflets parentaux.

L'Enfant tentait maintenant d'écraser une mouche avec une saucisse.

On ne joue pas avec la nourriture.

Je me suis entendu prononcer les mots de ma mère. Ces sentences classiques de l'éducation qui remontent, sans prévenir, à la surface de nos consciences. Ces phrases entendues et enfouies, qu'on répète, qu'il répétera peut-être un jour.

On ne parle pas la bouche pleine.
Je n'ai pas entendu le mot magique.
C'est pour ton bien.

Nous devenons nos parents. Malgré le temps, la distance, les choix qui éloignent. Leurs mots sortent de nos bouches et on les voit d'un autre œil. On les comprend mieux. C'est une leçon que nous recevons de nos enfants, ils nous rappellent d'où l'on vient. Ils nous réapprennent qui nous sommes. On ne triche pas avec les enfants, qui voient à travers nos masques. Ils nous rendent cette simplicité et nous pouvons les remercier pour cela.

Mon fils remplissait ses poches de cailloux pour ensuite les disposer sur un petit muret. Ça le rendait heureux, donc je l'étais aussi. Rien ne m'obligeait à faire une crise de la quarantaine.

Nous avons mangé, bu, joué. Les enfants étaient couchés. J'ai soufflé quelques bougies et nous sommes allés divaguer aux alentours, sous une nuit sans lune mouchetée par les étoiles du mois d'août. Des corps célestes s'enflammaient en pénétrant dans l'atmosphère, nos corps terrestres couchés dans un champ de blé jouissaient du spectacle, le sang irrigué d'un génépi fabriqué par mon père. J'ai tiré sur le joint qui passait et j'ai ri comme un imbécile sous les étoiles filantes qui dégoulinaient du ciel.

Quand la fraîcheur et la fatigue ont engourdi les organismes, la petite troupe est remontée vers la maison. Je me suis arrêté pour pisser contre un arbre plus vieux que moi ; mes amis ont continué à marcher.

Je me suis allongé, au milieu du chemin, le nez dans les astres. Le ciel tournoyait, j'étais seul et peuplé par l'Univers, silencieux, pour ne pas déranger le cosmos.

J'ignore combien de temps je suis resté là, sur la route, mon endroit préféré.

Le chemin compte plus que la destination, c'est un cliché de la philosophie du voyage. Il n'en est pas moins valable et peut s'appliquer à la quête du bonheur comme à l'écriture d'un livre ou à la conduite d'une existence. Quand la ligne d'arrivée se rapproche, la course prend de la valeur. La route se raccourcit, les petits bonheurs s'agrandissent. Une journée ensoleillée compte double. Le vent dans les arbres, qui n'était il y a peu que du vent dans les arbres, souffle son petit miracle.

Les yeux grands ouverts, j'acceptais l'avenir et je ne pensais plus à rien. Le ciel tournait toujours lorsqu'une voix familière a résonné dans le lointain

Julien, t'es vivant ?

34

L'Enfant s'est jeté dans les bras d'Amina pour enfoncer sa tête entre des seins qui avaient doublé de volume au cours des semaines précédentes. C'était le dernier jour de crèche. L'assistante maternelle avait cajolé tous ces morveux pendant trois ans, elle les serrait en tentant de maintenir une réserve professionnelle pour brider son émotion au moment des adieux. J'avais vu cette femme presque tous les jours pendant ces trois ans, mon fils l'aimait et je ne connaissais pas son nom de famille. J'avais prévu de lui dire tout un tas de choses ronflantes à propos de son importance, je lui avais même écrit un petit mot, puis je n'ai pas osé. J'ai simplement embrassé Amina, je l'ai remerciée du fond des yeux et je leur ai souhaité bonne route, à elle et au bébé qui dans son ventre attendait de voir le jour.

Mon fils allait à l'école. Le jour de la rentrée, il avait braillé comme un goret « lâche-moi, je veux rester avec mon papa chéri » pendant que la maîtresse le retenait de force dans la classe. Je l'avais laissé entre les mains d'inconnus en me rongeant les sangs. *Il va être traumatisé, il ne voudra plus jamais fréquenter l'école, sa vie est foutue.* À mon retour en fin de matinée, il ne voulait plus repartir – il avait découvert le bac à jouets. Désormais, si la maîtresse était absente, il prenait un air catastrophé, les mains sur la tête, en gémissant « mais comment je vais faire pour apprendre des choses aujourd'hui ? ».

Il jouait au ballon à la récréation, chantait à la chorale, s'embrouillait avec ses potes au sujet des puissances respectives de Batman et de Spiderman. Il se pâmait devant les cartables flanqués des héros de dessins animés du moment, le cerveau déjà hacké par les multinationales du divertissement. Il savait discerner la réalité de la fiction, et le bien du mal.

Il avait une couleur préférée, un jeu préféré, une chanson préférée. *Yellow Submarine* avait été supplantée par *La Danse des canards*, que lui avait fait découvrir son enseignante (l'affaire n'en resterait pas là, j'envisageais des poursuites contre l'Éducation nationale). Je venais le chercher à l'école, chaque fin d'après-midi, quand les enfants soulageaient leur trop-plein d'énergie en chahutant dans la cour. Je voyais mon fils courir derrière des cerceaux, s'amuser sur la marelle ou se prendre pour un cow-boy « pan pan t'es mort », en mimant des pistolets « comme à la guerre ». Il m'apercevait, s'élançait vers moi en sortant de sa poche un bout de papier chiffonné, un dessin abstrait avec le mot *papa* écrit en lettres tremblantes. Il commençait à déchiffrer ses premières syllabes. Dans un futur proche, il saura lire les cartes postales que je lui envoie depuis la planète Terre.

L'Enfant avait des amis, une personnalité, des idées. Il se découvrait sans cesse de nouvelles marottes. Voulait connaître la vitesse des autruches, l'emplacement d'Antananarivo et la valeur de l'infini. Il avait une théorie sur l'extinction des dinosaures (« ils écrasaient les fleurs, alors le gardien du parc leur a dit de partir »). Il construisait des tours Eiffel en Lego, grimpait aux arbres et faisait pousser des lentilles. Il cultivait déjà des jardins secrets auxquels je n'avais pas accès. Il demandait à quel âge il pourrait avoir un téléphone.

Il faisait du vélo en été, des bonhommes de neige en hiver. Ses cheveux avaient poussé et il pissait debout. Il dormait, enfin, la nuit. Il disait « oui » plusieurs fois par jour.

Il avait appris à se cacher lors de l'alerte intrusion. La directrice de l'école nous avait informés que les pique-niques au parc appartenaient à une époque révolue. On ne plaisantait pas avec les protocoles de sécurité. Les attentats s'étaient espacés, la menace planait toujours. Les armées djihadistes en déroute sur le terrain avaient colonisé trop d'âmes errantes pour que cette guerre cesse de mon vivant. Le ventre de la bête, etc. Nous avions traversé un pic de violence, nous attendions le prochain. La catastrophe était en latence, comme cela avait toujours été le cas.

Nous vivions à Paris, France, au temps du plan Vigipirate, dans un appartement aux murs décorés de gommettes. La voisine du 5e étage avait déménagé pour laisser la place à de jeunes parents qui ne nous importunaient pas avec de dérisoires histoires de poussette sur le palier.

Le journal tenu par le caporal-chef Marcel Gibert pendant la bataille de France a été versé au musée de l'ordre de la Libération, sanctuarisé dans une petite postérité institutionnelle où il sera « définitivement sauvé de l'oubli ».

Je n'ai pas retrouvé la phrase de Wolinski à propos de sa génération qui aurait été la seule à vivre mieux que la précédente et la suivante. Il n'a peut-être jamais écrit ça, ma mémoire a dû reconstruire ce qui l'arrangeait. On ne peut pas prévoir le destin d'une génération. Nos descendants ne vivront pas comme nous, c'est tout ce qu'on sait.

L'Enfant mesurait un mètre. Il était aussi haut que l'arbre que nous avions planté à sa naissance. Il avait hâte de grandir, je n'étais pas pressé de vieillir. Il voulait devenir pompier, cosmonaute ou promeneur de chiens. Il se projetait dans l'avenir.

Il comprenait que la vie avait un début et une fin. Il savait expliquer d'où venaient les bébés; il n'en était plus un. C'était un petit homme, un tout petit, mon tout-petit.

– Qu'est-ce qu'on fait maintenant ?
– On joue.
– D'accord, fils. On joue à quoi ?

L'Enfant a réfléchi en regardant autour de lui. Il a tourné deux fois sur lui-même et s'est soudain illuminé devant la bibliothèque :

– Et si on fabriquait un livre ?
– Ah, ça c'est un peu compliqué.

J'ai réfléchi à mon tour. Après tout, ce n'est pas si compliqué de fabriquer un livre. Il suffit de laisser venir et d'organiser.

– Allez, pourquoi pas. On va essayer.

J'ai pris quatre feuilles dans le tiroir de mon bureau, je les ai pliées en deux dans le sens de la largeur, je les ai agrafées. Voilà, on avait un petit carnet vierge de seize pages. L'Enfant m'interrogeait du regard.

– Maintenant, il faut inventer une histoire.

– Alors il était une fois, petit lapin il avait une casquette bleue.

– Bon début. Continue.

– Petit lapin, il allait à la piscine.

– Attends, je vais noter.

J'ai commencé à écrire en suivant les indications de mon fils en pleine montée de créativité narrative. L'histoire se tenait. Petit lapin disait bonjour à la dame de la piscine puis il croisait un diplodocus qui voulait le manger. Soudain, retournement de situation : il s'agissait en fait d'un cochon déguisé en dinosaure, un gentil cochon de surcroît. Dans un dénouement haletant, petit lapin rentrait à la maison, ses parents lui faisaient un câlin et on arrivait à l'heure du dodo. J'ai inscrit le mot « fin » sur la dernière page.

– Il ne reste plus qu'à écrire le nom de l'auteur.

– C'est quoi l'auteur ?
– C'est toi, patate.
– Je suis pas une patate.
– Non, mais tu es l'auteur. C'est toi qui as créé cette histoire, il faut mettre ton nom sur la première page.

L'Enfant a tracé les trois lettres de son prénom sur la couverture. Il a observé le résultat en tenant le fascicule à bout de bras, fier comme toute personne qui voit son premier ouvrage prendre vie.

– Comme papa.
– Papa, il a bientôt terminé son livre, lui aussi.
– On va le montrer à maman.

La Femme est venue admirer le chef-d'œuvre et nous a embrassés avant de partir sur son scooter pour assurer le lancement d'une pièce de théâtre. L'Enfant s'est brossé les dents tout seul, il n'avait plus besoin du petit marchepied pour atteindre le lavabo. J'ai profité de son passage à la salle de bains pour essayer de ranger sa chambre. Peine perdue, la tâche était sisyphéenne. Quand on ne peut pas ordonner le chaos, il faut apprendre à vivre avec. L'Enfant a enfilé son pyjama, celui avec les avions, tout en négociant cinq minutes de jeu supplémentaires avant d'aller au lit. Nous nous sommes assis par terre, parmi les peluches et les figurines. En écartant une petite voiture, j'ai par mégarde renversé la tour que l'Enfant avait patiemment érigée en rentrant de l'école.

– Aïe. Je suis désolé, fils. La tour Eiffel est tombée.

Je redoutais les cris, les pleurs, la dévastation.

– C'est pas grave, a-t-il répondu en ramassant les morceaux éparpillés sur le sol. On va la reconstruire.

Il posait déjà les bases de l'édifice en détaillant son plan.

– Si on n'y arrive pas ce soir, on continuera demain.

C'était l'heure de se taire et de le laisser faire. Je lui ai tendu un cube ; il a levé les yeux vers mon silence.

– Ne t'inquiète pas, papa. On va faire du bon boulot.

Ce livre est dédié à l'Enfant.

Paris, 2015-2018

Remerciements

Ce texte s'est nourri des souvenirs partagés par les membres des familles Blanc-Gras, Gibert, Gonzalez et Caron : merci à eux tous.

Merci également à ceux qui, chez Stock, ont contribué à la conception de l'ouvrage, Manuel Carcassonne, Benoît Heimermann, Émilie Pointereau et toute l'équipe.

Salutations au commandant Laurent Bastide et à Marguerite Demoëte pour leur relecture experte.

Gratitude éternelle à Aurore Gonnet sans laquelle, de toute évidence, ce livre n'aurait jamais vu le jour.

Cet ouvrage a été composé
par Maury à Malesherbes
et achevé d'imprimer en France
par CPI
pour le compte des Éditions Stock
21, rue du Montparnasse, 75006 Paris
en novembre 2018

PAPIER À BASE DE FIBRES CERTIFIÉES

Stock s'engage pour l'environnement en réduisant l'empreinte carbone de ses livres. Celle de cet exemplaire est de :
900 g éq. CO_2
Rendez-vous sur www.editions-stock-durable.fr

Imprimé en France

Dépôt légal : janvier 2019
N° d'édition : 01 - N° d'impression : 3031200
15-07-8976/7